最後の晩ごはん

旧友と焼きおにぎり

椹野道流

角川文庫
19768

登場人物

イラスト／くにみつ

淡海《おうみ》五朗《ごろう》

小説家。高級住宅街のお屋敷に住んでいる。「ばんめし屋」の上顧客。

夏神《なつがみ》留二《りゅうじ》

定食屋「ばんめし屋」店長。ワイルドな風貌。料理の腕は一流。

五十嵐《いがらし》海里《かいり》

元イケメン俳優。現在は看板店員として料理修業中。

最後の晩ごはん 旧友と焼きおにぎり

五十嵐《いがらし》一憲《かずのり》

海里の兄。公認会計士。真っ直ぐで不器用な性格。

ロイド

眼鏡の付喪神。海里を主と慕う。人間に変身することができる。

仁木《にき》涼彦《すずひこ》

刑事。一憲の高校時代の親友。「ばんめし屋」の隣の警察署に勤務。

プロローグ

毎晩、同じ夢を見る。

それは彼女にとって、物心がついた頃から当たり前のことだった。

他の人はそうでないことを知ったのは、小学校に上がったばかりの頃。

眠っているあいだだけ行けるその場所のことを、彼女は宝物を分けてあげるような心持ちで、母親に打ち明けた。

とても綺麗《きれい》な場所なのに、そこでは誰にも会わない。

みんなはどこへ行っているんだろう。

お父さんとお母さんは、いったいどこへ行っているの？

みんな、別々の場所に行っちゃうのかな。

夢の中では、会えないのかな。

お父さんとお母さんを連れていってあげたいんだけど、どうしたらいいのかな？

そんな疑問をぶつけてみると、最初は笑いながら聞いていた母親が、次第にもの思わしげな顔つきになった。そして父親が仕事から帰ってきたら、そっくり同じ話をするように言われた。

父親の反応も母親と似たり寄ったりで、翌日、彼女は学校を休むよう言われ、母親に病院へ連れていかれてしまった。

そこで白衣の医者相手に、三度目の夢の話をさせられた。

今にして思えば、そこは心療内科だったのだろう。

やけに人当たりがよく、優しく話を聞いてくれた老齢の医師は、心配顔の母親にこう言っていたのを憶えている。

「夢を見ている時間なんて、睡眠時間全体に対する割合にしてみれば、微々たるものです。それが毎日同じ内容だからといって、余程の悪夢でもない限り、大きな問題じゃありませんよ。気のせいってこともありますし。それに、子供は夢見がちなものでしょ。確かにお嬢さんの話はやけに詳細ですが、だからといって、異常とまでは……ねえ」

そのときの母親の不安と安堵《あんど》が入り交じった複雑な表情と、医師がさりげなく言った「異常」という言葉が、彼女の記憶に深く刻まれた。

言ってはならないのだ、と幼心に彼女は悟った。

あそこは、私だけが行ける特別な場所なのだ。

他の人は、あの場所のことを知らない。言うと、「異常」だと思われるかもしれない。

黙っていよう。

秘密にしよう。

幼心に刻まれた強い決意は、その後、彼女の口を堅くした。

その代わり、彼女は夜ごと訪れる夢の世界の風景を、絵に描くようになった。

誰かに語るかわりに、描くことで、夢の世界の美しさを起きているあいだも感じたかった。

あの世界の美しさを、微塵《みじん》も損なうことなく描けるようになりたいと思った。

最初はクレヨンで。

次に色鉛筆で。

さらに、水彩絵の具、パステル、油絵の具……。

彼女が成長するにつれ、画材は変化していったが、描くモチーフはいつも一緒だ。

見渡す限り連なる、なだらかな丘。

そして、その丘を覆い尽くすのは、無数の青い花だ。

草丈は低く、花びらは小さく、遠目には青い絨毯《じゅうたん》のように見える。

しかし優しい風が吹くと、花々はいっせいに……そう、まるで水面にさざ波が立つようにそよぐのだ。

花の清《すが》しい香りが風に移って、立ち尽くす彼女の鼻腔《びこう》を優しくくすぐる。

彼女はたったひとり、丘の上をゆっくりと歩く。

幼い頃は、花を踏むことを躊躇《ためら》ったものだ。

だが、彼女の裸足《はだし》に踏まれても、花はすぐに立ち上がる。

薄い花びらにも細い茎にも、傷など一つもつかない。

夢の世界では、彼女の身体は現実よりずっと軽いようだ。

空気の中を泳ぐように、彼女は軽やかに、自由に歩き続ける。

頰を撫《な》でる風は涼やかで、足の裏に感じる地面は軽く湿り、ひんやりとしている。

腕を大きく振れば、ふわりと宙に舞い上がれそうだ。

寒くもなく、暑くもなく、ただひたすらに心地よい。

青い花に覆われた丘が、遥か彼方《かなた》の地平線で空と一つに溶け合う。その場所まで行ってみたくて、彼女はひたすら歩き続ける。

花と彼女以外、その世界に生き物はいない。

青に囲まれた、美しい、静寂の世界。

鳥の声や、風の音すら聞こえないその場所で聞こえるのは、彼女自身の息づかい。

そして、無意識に零《こぼ》れるハミングだけだ。

どれだけ歩いても、疲れることはない。

喉《のど》も乾かないし、空腹も感じない。

ひとりぼっちでも寂しくなく、不安もない。

完璧《かんぺき》なる美の世界。

彼女だけの、完璧に閉じた世界。


大人になっても、彼女は毎夜、夢の世界に通い続けた。

目が覚めれば消えてしまうその世界を、彼女はずっと慈しんできた。

飽きるどころか、美しさに見慣れることすらない。

ただ、どんな画材を使っても、どれほど腕を磨いても、夢の世界の光景を、現実の世界で描ききることはできずにいる。

どれほど詳細に夢の中で「観察」しても、目覚めた瞬間、彼女の記憶はほんの少し色褪《いろあ》せてしまう。

まるで、触れてもわからないほど薄いフィルターを、あちらの世界との間に挟まれたように。

現実世界で描いた夢の世界は、それらしきものではあるが、そのものではない。

それでも描かずにはいられない衝動を持て余しながらも、彼女は今も眠ること、不思議な世界に遊ぶことを愛し続けていた。

だが、ある夜。

彼女は、夢の世界に起こった変化に戦《おのの》くこととなった。

声が、聞こえたのである。

夢の世界で初めて聞く、自分以外の何かが立てる音。

それは、幼い女の子の声だった。


『おはなしのつづきは？』


風に乗ってどこからか届いたその声は、ワイングラスを軽く合わせたときのような、軽やかで、涼やかな響きだった。

彼女は、驚いて周囲を見回した。

「誰？　どこ？」

丘のどこにも、人の姿はない。

『おはなしのつづきを　きかせて』

小さいけれど、よく通る澄んだ声だ。

ずっとひとりぼっちだった夢の世界に、今、誰かが存在している。

「お話って何のこと？　誰なの？」

問いかけても、答えはない。

姿も見えない。

しかし、ごく微《かす》かな気配は感じる。

確かに、ここには、誰かがいる。

「どこにいるの？　返事をして！」

声を張り上げ、一歩前に踏み出した瞬間……彼女は、目覚めていた。

暗い部屋で、硬いベッドの上に半身を起こし、彼女は呆然《ぼうぜん》と呟《つぶや》いた。

「あれは……誰……？」

一章　春風が運ぶもの

それは、四月上旬のある日の午後のことだった。

兵庫県芦屋《あしや》市、阪神《はんしん》芦屋駅すぐ北側にある小さな定食屋「ばんめし屋」の店内では、夕方の開店に向けて、店員たちが仕込み作業の真っ最中だった。

夕方から早朝までの営業、しかもメニューは日替わり定食一種類だけという風変わりな店だけに、店員もこれまた一風変わった面々である。

この店のオーナーであり、料理人でもある夏神留二《なつがみりゅうじ》は元山男、去年の春から住み込み店員になった五十嵐海里《いがらしかいり》は元芸能人、そして、表向きはパート店員ということになっているロイドに至っては、その正体は海里が拾った眼鏡である。

長い年月を経た物品には、ときに魂が宿り、付喪神《つくもがみ》になるという。

元の持ち主に大切にされてきた眼鏡にもやはり魂が宿っていて、自分を助けてくれた海里を主《あるじ》と定め、共に過ごすこととなった。

今では時々人間の姿に化けて現れ、店の仕事の邪魔をしたり手伝ったり、あるいは夏神や海里と一緒に飲み食いしたり、遊んだりしている。

今も店内には、その三人がいた。

だが今日は、カウンターの中の厨房《ちゅうぼう》に立っているのは、海里ひとりである。

夏神はカウンター席に座り、大きな背中を丸めて真剣な顔で何かを書いており、ロイドは少し離れた席で大きなボウルに山盛りにしたうすい豆の莢《さや》から豆を外しつつ、チラチラとその作業を見守っている。

やがて、夏神がボールペンを置き、「ふう」とやけに大きな溜《た》め息をついたのを見て、海里は出汁《だし》を取っている鍋《なべ》から昆布を引き上げながら声をかけた。

「だいじょぶ？」

そこで初めて海里の存在を思い出したように、夏神はぼんやりと顔を上げる。

「……あ？　ああ、すまん。これ読んで清書したら終わるから、もうちょっと待ってくれ。ややこしい仕事があったら、置いといてくれてええで」

海里は苦笑いでかぶりを振る。

「や、今日の日替わりは、豆ご飯とブリの照焼と蕗《ふき》の煮物、そんで味噌汁《みそしる》だろ。特にややこしい仕事なんかねえし」

「そう言うたらそうか」

「忘れてんなよ。あんたが決めたんだろ、献立」

呆《あき》れる海里をよそに、ロイドはどこかうっとりした顔つきで口を挟んだ。

「今夜は実に春らしいお献立でございますなあ。それに致しましても、この豆を莢から外す作業は、最高に単純でようございますね！　この後、蕗の筋取りという単純作業も待ちかまえていると伺い、ワクワク致します」

海里と夏神は、思わず顔を見合わせる。口を開いたのは、夏神のほうだった。

「そない楽しいか？　どっちか言うたら、辛気くさい……ああいや、せやけど子供は好きやわな、その手の作業が。俺もガキの頃は、大喜びでやったもんや」

するとロイドは、いかにも心外そうに両手を広げた。

「何を仰《おっしゃ》います。わたしは子供ではございませんよ。何しろ、生まれたのは百年あまり前のことです。口幅ったいことを申せば、お二方よりずっと年長ということに」

ロイドの本体はセルロイド眼鏡だが、人間に化けているときは初老の英国紳士の姿をしている。彼を作ったイギリス人の職人の姿を模したそうだが、ワイシャツにクラシックなベストというお洒落《しゃれ》な服装と相まって、気障《きざ》な仕草が実に板に付いている。

「眼鏡として作られたのは百年前だとしても、魂が宿ったのはもっと後だろ？　それに、人間の姿になれるようになったのは、ついこないだじゃねえか。いくら見てくれがオッサンでも、中身はガキみたいなもんだ」

片眉《かたまゆ》を上げて突っ込みを入れてから、海里は出汁を注意深く漉《こ》し、鰹節《かつおぶし》を取り除いた。出汁のいい香りが、カウンターの内外にふわりと漂う。昆布と鰹節は、佃煮《つくだに》かふりかけに再利用するので、無駄は出ない。

「それはそうでございますが」

やや不満げなロイドを、夏神は苦笑いで宥《なだ》める。

「ええやないか。子供時代は長いほうが楽しいで。子供やからしゃーないっちゅうて、許してもらえることも多いしな」

「なんと！　それはお得でございますね」

「せやろ」

笑顔で会話をしながらも、夏神の目は笑っていない。その視線は、真っ白な便箋《びんせん》の上にじっと注がれている。

そんな夏神に、海里は躊躇《ためら》いがちに問いかけた。

「なんかさあ、あんまり一生懸命やってるから訊《き》きづらかったんだけど……何書いてんの？　言いたくないなら別にいいけど、もし俺たちに見られたくないもんなら、わざわざこんなとこで書かないよな、とも思ってさ」

すると夏神は、あっけらかんと答えた。

「手紙や」

「手紙？　誰に？」

海里がさらに訊《たず》ねると、夏神の顔が引き締まった。

「雪山で死んだ俺の彼女の、ご両親にあてた手紙を書いとんねん」

「えっ？」

意外な答えに、海里は目を瞬《しばた》いた。

夏神は以前、大学の卒業旅行として出掛けた雪山で遭難したという辛《つら》い過去を、海里とロイドに語った。

仲間の命を救うべく、吹雪の中、夏神はひとり、決死の覚悟で雪洞を飛び出した。

しかし、彼が山小屋に無事にたどり着き、救助隊と共に雪洞に戻ったとき、仲間たちは既に、雪崩で死亡していたのである。

死者の中には、夏神の恋人も含まれていた。

誰よりも大切な人を、ひとりぼっちで死なせてしまった。

自分が傍にいたなら、せめて死の瞬間まで、凍えた手を握り締め、励まし続けてやれたものを。

どうせ助けられないのなら、自分もそこで仲間たちと、恋人と一緒に死ねばよかった。

そんな後悔と罪悪感から、夏神は「自分は仲間を見捨ててひとりで逃げた」と記者会見で口走り、恋人や他の仲間の遺族のみならず、世間の人々から激しいバッシングを受けた。

就職の内定や他人からの信頼をなくしただけならまだしも、大切な家族である両親にまで、自分のせいで肩身の狭い晩年を送らせ、いたずらに死期を早めてしまった。

大きすぎる心の傷が言わせた嘘が原因で、夏神は、自分の命以外のすべてを失ってしまったのである。

その後の自暴自棄な生活からはどうにか立ち直った夏神だが、依然、恋人の死には、触れることができずにいた。

だが、海里やロイドとの出会い、さらに自分を救ってくれた料理の師匠の死を通じて、夏神は、ずっと蓋《ふた》をしてきた心の傷と向き合う決意を固めたのである。

そして事件以来、今まで断絶状態にある亡き恋人の両親に真実を打ち明け、彼女の墓参を許してもらいたいと考えるようになった。

夏神からそう聞かされていた海里は、夏神が亡き恋人の両親に、もっと直接的なアプローチを取るものと思っていた。

「手紙って、やけに古典的じゃね？　まだるっこしいし。俺、夏神さんが、彼女のご両親にすぐ会いに行くとばっかり思ってた」

そんな海里の言葉に、夏神は手紙から視線を上げ、しみじみした口調で言った。

「俺も、色々考えたんや。お前が言うように、当たって砕けろでお宅に伺ってみようかとも思うた。せやけど」

「けど、何？　あ、もしかしたら既に引っ越してる可能性を考えて、まずは所在を確認するため、とか？」

「それもなくはない。せやけどそれよりも、俺が親御さんの立場やったらと思うとな。娘を見捨てた酷《ひど》い男がいきなり訪ねてきて、事件のことをペラペラ喋《しゃべ》り出したら……どう感じる？　そんなもん、ただの悪夢やろ」

夏神と同じ想像をしてみたのだろう、海里は顰《しか》めっ面になった。

「ご両親は今もきっと、夏神さんが娘さんを見殺しにしたと思い込んでるんだもんな。誤解を解こうたって、まず会ってくれるかどうかわかんないし、夏神さんの顔を見たせいで、娘さんが亡くなったときのつらい気持ちが甦《よみがえ》るかも……ってことだよね。だけど、夏神さんはそれでも、このままにしたくはないんだろ？」

夏神も、痛そうな顔で頷《うなず》いた。

「俺の願いは変わらん。ご両親の誤解を解いて、彼女の墓に参りたい。彼女に、これまで一度も会いに行かんかったことを詫《わ》びたい。せやけど……」

「でも、彼女のご両親は、同じ気持ちじゃないってことか。そりゃそうだな」

「おう。そもそもご両親に誤解させてしもたんは、俺自身や。あんとき、俺の頭がまともな状態と違《ちご》うとったんは確かやけど、それは言い訳にしたらあかんことや。今になって、俺の勝手で、あの人らをもう一度苦しめる権利は、俺にはあれへん」

「だから手紙にしたんだ？」

「せや。俺が顔出す前にワンクッション置いたほうが、まだマシなん違《ちゃ》うかと思うてな。まずは手紙で、あの山で何があったか、俺が何でみんなと別行動したか、正直に書いて知らせたいと思うた。その上で、いっぺん会《お》うて貰《もら》えんやろかて、頼んでみることにしたんや」

「ああ、なるほど。確かにいい考えかも。いきなり顔を合わせると、やっぱ感情が先行しちまうもんな」

ようやく納得した様子で海里は頷き、夏神の手元を覗《のぞ》き込んだ。

縦に罫線《けいせん》の入ったシンプルな白い便箋には、ボールペンで書かれた夏神の手書き文字が並んでいる。

決して綺麗《きれい》とは言えないが、一文字ずつ思いを込め、ああでもないこうでもないと一生懸命綴《つづ》ったことは、黒々した塗り潰《つぶ》しがあちこちに見えることで理解できる。

さすがにエチケットとして文章までは読まなかったが、たとえ清書したとしても、文章に込められた夏神の真心は、決して消えずに先方に伝わるだろうと海里は思った。

「読んで、わかってくれるといいな。つか、そこまでじゃなくても、恨んで怒りながらでも、せめて会ってくれるといいよな」

海里がそう言うと、夏神はホロリと笑って、「せやな」と言った。

「夏神様のお気持ちは、きっと通じますとも。互いに理解し合うために、人にも眼鏡にも心と言葉があるのですからして」

「普通の眼鏡には、心も文字もねえけどな！」

ロイドの大真面目な励ましを、海里はわざと混ぜっ返した。

夏神が大事な手紙をわざわざカウンター席で書いていたのは、きっと、ひとりぼっちでいると、色々と思い悩みすぎてどうにかなってしまいそうだったからに違いない。

海里やロイドが賑《にぎ》やかに仕込みをしている、日常の緩い雰囲気の中に身を置くことで、どうにか過去の辛い経験を振り返りながら、長い手紙を書き終えることができたのだろう。

だからこそ、魂をガリガリ削られるような作業をやり遂げた夏神を、ロイドとのくだらないやり取りで、少しでもリラックスさせてやりたいと海里は思ったのだ。

そんな主人の気持ちを察したのか、ロイドも軽口を叩《たた》き返す。

「わたしは普通の眼鏡ではなく、特別な眼鏡でございますから。非凡な主《あるじ》には、非凡な眼鏡こそふさわしいのでございますよ」

「俺を持ち上げるついでに、自分の立ち位置まで爆上げすんなよな～」

海里が笑いながらそう言ったとき、店の引き戸がごく控えめに開いた。

すぐ中に入ってこようとせず、誰かが店の外で中の様子を窺《うかが》っている気配がする。

「あ、すいませーん。まだ準備中っす。店は五時くらいから開けますんで」

カウンターの中から、海里はいつもの台詞《せりふ》を口にした。

だが、それを聞いて、外の「誰か」は、引き戸を一気に広く開け、店の中に入ってきた。

「先輩！」

「うぉ？」

いきなりの先輩呼びに、海里は軽くのけぞる。だが、驚きの表情は、一瞬の後、すぐに満開の笑顔に変わった。

「李英《りえい》！」

店内に一歩入り、明るい笑顔でペコリと頭を下げたのは、海里がミュージカルに出演していたときの俳優仲間、里中《さとなか》李英だった。

海里はミュージカルが閉幕した後、テレビの世界に入り、情報番組を中心に仕事をするようになったが、李英はこつこつと演劇の世界で経験を積み、去年、ついに大規模な舞台の役を射止めた。

未《いま》だに売れっ子とはいえないが、若手の実力派俳優として、徐々に評価が上昇しているようだ。

「こんにちは、先輩。夏神さんも、お久しぶりです」

李英は礼儀正しく海里と夏神に挨拶《あいさつ》した後、前回ここに来たときにはいなかったロイドに気づき、あからさまにギョッとした。

「あっ！　えっ？　あっ、えっと、あの、はじめまして……ハワユー……じゃなくて、ハウ、ドゥ、ユーなんだっけ。ああいや、そもそも英語でいいのかな、えっと、とりあえず、ハロー！」

狼狽《うろた》えながらも、何とかして初対面の挨拶をしようとする李英に、ロイドはニッコリ笑ってみせた。

「わたし、イギリス生まれ日本育ちですので、ご心配なく。ロイドと申します。こちらで働かせていただいております」

「わあ、日本語ペラペラなんですね。よかった。海里先輩の後輩の、里中李英です。はじめまして！」

力が入っていた肩から力を抜き、李英は心底ホッとした顔で胸に両手を当てた。

前回、李英がここに来たとき、海里のポケットの中ですべてを見聞きしていたロイドは、「はじめまして」は返さなかったものの、「どうぞお見知りおきを」と礼儀正しく一礼した。

夏神は、レターセットをさりげなく片付けて立ち上がる。

「よう来た。いっぺん会うただけやのに、俺の名前まで覚えとってくれてありがとうな」

「先輩がお世話になっている方ですから、当たり前です」

どこまでも真面目に答える李英に、海里はクスッと笑ってカウンターを指さした。

「芸能界にいると、何かのついでにチラッと紹介されただけの人が、いい人脈持ってることがあるからさ。名前と顔を覚えるのが嫌でも得意になるんだよ。ほら、立ってないで座れよ」

「じゃあ、失礼します」

スプリングコートを脱いで椅子の背に掛け、李英は海里と向かい合うカウンター席に座った。

「さすが現役やな～。イガと違《ちご》うて、姿勢がええわ」

海里をからかいながら、夏神は李英のピンと伸びた背筋を褒める。

ピシッとした姿勢を維持するためには、それなりの筋肉が必要だ。

李英はゆったりしたシャツを着ているが、その下には、舞台役者としてきちんとトレーニングを積んだ身体があるのだろう。

それは重々わかっていながら、負けず嫌いな海里は、つい夏神に言い返す。

「それは、こいつが今、アウェーだからだろ！　俺だって、よそに行ったらお行儀いいっつの」

「ホンマか～？」

「ホントだって！」

「せやけどお前、この店に初めて来たとき、血だらけでふて腐れとったで？」

「それはそれだろ！　あれは究極の非常事態だったんだからさあ」

「血……血だらけ!?　先輩、いったい何が……」

夏神と海里のじゃれあいをニコニコして聞いていた李英だが、「血だらけ」という物騒な言葉に心配そうに腰を浮かせる。

どこまでも優しい後輩に、海里は苦笑いで説明した。

「や、別に夏神さんにボコられたわけじゃねえよ。ちょっとアレな連中に絡まれてヤバかったところを、夏神さんに助けてもらったんだ」

「それが、お二方のなれそめというわけでございますな」

「なれそめとか、微妙に誤解を招く言葉を使うな！」

ロイドのとぼけた台詞に嚙《か》みつく海里の生き生きした姿を見て、李英はようやく笑顔に戻った。

二十三歳の李英は、未だに高校生で十分通用するような童顔なのだが、笑うとさらに少年ぽさが増す。

そんな後輩の前に熱いほうじ茶を注いだ湯飲みを置いてやり、海里は訊《たず》ねた。

「今日、ゆっくりしていけんのか？」

李英は、ちょっと眉尻《まゆじり》を下げた困り気味の笑顔で、曖昧《あいまい》に頷《うなず》いた。

「僕は。でも先輩たちは、夕方からお店でしょう？　だから、長居はしません」

すると夏神は、すぐにその懸念を打ち消した。

「時間あるんやったら、イガとどっか行ってきたらええで。積もる話もあるやろ」

そう言われて、海里はちょっと嬉《うれ》しそうな顔をしたが、李英は真顔になって、きっぱりとかぶりを振った。

「いえ、そういうわけにはいかないです。また先輩がお休みの日に、ゆっくりお邪魔しますので。今日はいち早くご報告したいことがあって」

「報告？」

「はい、あの、実は……」

しゃちほこばって話を始めようとする李英の話を遮り、海里はニッと笑ってこう言った。

「何だかわかんねえけど、店を開けるまではまだ間があるし、今日は仕込みもたいしてないんだ。お前がいいんなら、ちょっとはゆっくりしてけ。つか、これからまかないを用意するとこだったから、食ってけば？」

　だが李英は、申し訳なさそうに首を横に振った。

「あ、いえ、すいません。凄《すご》く嬉しいんですけど、僕、こちらのお店が開くのは夕方だからと思って、駅前で食べてきちゃったんです」

「あちゃー。どこで？」

　思わずこめかみに手を当てながらも、海里は李英がどこで食事をしたのか知りたがる。李英は、小首を傾げて答えた。

「ええと、ＪＲ芦屋駅のすぐ北側にある……何ていう名前でしたっけ、駐在所の隣のうどん屋さん」

「ああ、『たこ好《よし》』？」

「確か、そんな名前です。一度、関西の美味《おい》しい出汁《だし》で、柔らかいうどんを食べてみたかったんですよね。そしたら相席の人が、海老《えび》二本の天ぷらうどんにお餅《もち》を二個入れて、って注文したんです。そんなカスタマイズありなんだってビックリして」

「あー、うどん出汁に餅とか、絶対旨《うま》い奴じゃん、それ」

「でしょう？　だから僕も咄嗟《とっさ》に、同じのお願いしますって言っちゃいました。すっごく美味しかったですけど、まだお腹がいっぱいなんですよね」

「そりゃそうだろ。天ぷら二本に餅二つじゃな。あそこ、親子丼も旨いんだぜ。なあ、夏神さん」

夏神も、ちょっと食べたそうな顔で同意した。

「ああ、思い出したら、親子丼の口になってきよった。卵の黄色がえらい濃くてなあ。ちーとつゆの味は濃いけど、旨い親子丼や。勿論《もちろん》、天ぷらうどんも旨いわな。うちのまかないを食わせそびれたんは残念やけど、地元で旨いもんを食うてくれたんは嬉しいわ」

李英は、さほど広くない肩をきゅっとすぼめた。

「でも、ホントにすみません。僕も、物凄《ものすご》く残念です。先輩の手料理、懐かしいなあ。食べたかった」

それを聞いて、ずっと聞き耳を立てていたロイドは、ついにたまりかねて李英に問いかけた。

「里中様は、海里様の手料理を召し上がったことがおありなので？」

「さ、里中様って、そんな……ああ、やっぱり外国の方だから、とてつもなく礼儀正しい日本語を話されるんですね。あの、あります、何度か」

ロイドの丁寧過ぎる言葉使いに困惑しつつも、李英は素直に答える。夏神は、意外そうに眉を上げた。

「へえ、テレビの番組内だけやのうて、家でも料理しとったんか。いつ頃のことや？」

「ミュージカルでご一緒していた頃です。あの頃は、お互いが住んでたアパートが近くて、よく先輩の部屋にお邪魔してました。一緒に台詞《せりふ》の読み合わせをしたり、お芝居についての相談に乗ってもらったりしてたんです。一生懸命働いてましたけど、僕ら駆け出しだったので、あんまりお金がなくて……」

「あんまりってか、マジでなかったよな」

「はい。財布に五百円玉が入ってると心が豊かになるってくらい、お金がない日が多かったですね」

実に窮乏ぶりがわかる表現をして、李英は面白そうに聞いているロイドと夏神を見た。

「稽古《けいこ》が終わってアパートに帰る頃には、疲れて腹ぺこで。でも、外で食べるほど懐が豊かじゃないってとき、先輩がよく家に呼んでくれて、炊飯器でご飯を炊いて、ツナ缶開けて、丼をご馳走《ちそう》してくれたんです。あれ、物凄く美味しかったなあ」

相変わらずぷちぷちと豆を出しながら、ロイドは茶色い目を輝かせた。

「ツナ缶で丼でございますか？　それはどのような……？」

夏神も、興味津々の顔つきをしている。

李英に、あとは任せたと言いたげな視線を向けられ、海里は照れて頭を掻《か》きながら、簡潔に説明した。

「料理ってほどのもんじゃねえって。ツナ缶の油を軽く切って、フライパンで炒《いた》めながら醬油とみりんを絡めて煮詰めて、粗めのそぼろにしとくんだ。で、炊けた飯の上に、スクランブルエッグと一緒にのっけて、丼にしてワシワシ食うんだよ」

「旨そうやな。しかも安うて簡単や」

夏神は腕組みして、頭の中で調理過程を想像しながら感心した様子で唸《うな》った。

「凄く美味しかったです。どんな店で食べるより、先輩が作ってくれる熱々の丼が美味しかったです」

「そりゃ褒めすぎだって。ビンボーでろくなもん食ってなくて、腹が限界まで減ってりゃ、何でも旨いよ」

「そんなことないですってば！　あれは絶対に、美味しかったですっ！」

日頃は温厚な李英が、そぼろ丼の味については、やけに頑固に「美味しかった」を連発する。

夏神は、小競り合いする子供を引き分ける教師めいた顔で、口を挟んだ。

「ほな、次来たときは、イガにそれを作ってもろたらええ。俺らも食うてみたいし、里中君には、イガの腕が上達したかどうかの判断がつくやろ。なあ、イガ？」

「まあ、そんなもんでいいならいいけど」

「是非！　たぶん、またすぐ来ますから」

「へ？」

李英の「またすぐ来る」という言葉に引っかかりを感じて、海里は追及しようとした。だが李英は、ハッと思い出した様子で、隣の席にコートと共に置いてあった紙袋を手に取り、それをカウンターの上に置いた。

「あの、これ！　うっかり忘れてました。お土産です。地元で買ったものを持ってくるのはアレなんですけど、東京駅でピンとくるものが見つからなくて」

李英は申し訳なさそうにそう言ったが、白い紙袋に印刷された店名を見るなり、海里と夏神は、同時に「あ」と声を上げた。特に海里は、たちまち嬉しそうな顔になる。

「すげえ、『カロル』のアップルパイか！　やった！」

先輩の喜びように、持参した李英はむしろ戸惑い顔で頷いた。

「はい。それが名物だって聞きましたし、お店の人に焼きたてだって言われたので」

夏神も、それを聞いて笑顔になった。

「おお、ええな！　あそこのアップルパイ、ガチで焼きたてを食うんは初めてや」

「俺も。ロイドも好きだろ、これ」

剝き終わった豆の莢をゴミ袋に詰めながら、ロイドはにっこりして頷いた。

「はい。一度、淡海先生がお土産にくださったことがありましたねえ。大変、素朴で美味しゅうございました」

「そうそう、素朴なんだよ。うわっ、ホントだ。あったけえ」

さっそく中から平べったい紙箱を取り出し、海里は歓声を上げた。蓋《ふた》を開けると、甘酸っぱく香ばしい香りが、ふわっと辺りに漂う。

「焼きたてやったら、早速ご馳走になろうや。ドカ飯アフターの里中君も、これは別腹やろ」

夏神にからかわれ、李英はちょっと顔を赤らめて、正直に頷いた。

「何だか女の子みたいですけど、別腹ですね」

「そらそうや。ほな、イガ、切ってくれるか。俺は飲み物を……アップルパイいうたら、やっぱり紅茶やろか」

「そりゃそうでしょ。ストレートでいいと思うよ」

「わかった。ロイド、マグカップ、上から四つ取ってこい」

「合点承知でございます！」

落ちついた容貌《ようぼう》には似つかわしくない韋駄天《いだてん》の如き勢いで、ロイドは階段を駆け上がる。

「不思議な方ですね、ロイドさんって」

実感のこもった李英の呟《つぶや》きに、「せやろ」と夏神は可笑《おか》しそうに目尻《めじり》に笑い皺《じわ》を寄せた。

夏神が戸棚を漁《あさ》って、実に庶民的なメーカーのティーバッグを探し出す傍ら、海里はまな板にアップルパイを載せた。

直径十五センチ強の丸いパイは、縁が高く盛り上がり、中心部分はやけにうすべったく見える。思いきった焼き色がついた表面には、薄く艶出《つやだ》し用のアプリコットジャムが塗られているようだ。

包丁を入れると、縁のパイ皮が乾いた音を立てて切れる。見事な層を成して焼き上がったパイ皮を、海里は惚《ほ》れ惚《ぼ》れと眺めた。

やがて、夏神が適当に淹《い》れた紅茶と、海里がやけに正確に四分の一ずつ切り分けたアップルパイで、四人は昼下がりのお茶会としゃれ込むことにした。

せっかくなので、揃ってテーブル席に移動する。

「そんじゃ、いただきます！　ああ、焼きたて、いいなあ」

いささか行儀の悪い食べ方ではあるが、海里はまず、切るときに半ば外れてしまった、縁の部分の分厚いパイ皮の一部をつまみ上げた。

驚くほど軽い。というか、ほとんど重さを感じない。幾重にも重なる薄い層の間に、たっぷりと空気を含んでいる証拠だ。

口に入れると、パイ皮はホロリと崩れた。しっかり焼いた粉と、バターの香りがふわっと広がる。

「皮だけで十分旨《うま》い！　焼きたてはやっぱ、格別だよ」

そんな海里の賞賛の声に、夏神とロイドも即座に真似をする。李英も恐る恐るそれに倣った。

さらに彼らは、今度はフォークを取り、真ん中のリンゴが入った部分を切り取って口に運んだ。

縁が気前よく盛り上がっているせいで、余計に真ん中が薄く見えてしまい、リンゴが本当に入っているのかと不安になるほどだ。

実際、やや厚めにスライスされた淡い黄色のリンゴが一層入っているだけなのだが、口に含んでみれば、それが適量なのだとすぐに理解できる。

リンゴの味が、とても濃いのだ。

使われているリンゴは、おそらく紅玉だろう。甘さと酸味のバランスがよく、仄《ほの》かにレモンの風味がある以外、スパイスの類《たぐい》はまったく感じられない。

ほぼリンゴとパイ皮の味だけで勝負する、実にシンプルだが力強いアップルパイだ。

よく煮たリンゴは柔らかいのに、どこかしゃりっとした食感を残している。ひたすら優しくて素朴な味わいだが、いや、だからこそ、まったく飽きが来ない。

あっと言う間にパイを食べ終え、四人は満足の溜《た》め息をつきながら紅茶を飲んだ。

「お腹いっぱいなのに美味《おい》しかったなあ。さすが洋菓子の街ですね」

李英は感心しきった様子でそう言った。夏神は、店の奥のほうを指さしてみせる。

「芦屋警察の向かいに、アンリ・シャルパンティエがあるやろ。あれが、アンリの第一号店にして、今も本店なんやで」

「へえ！　それは知りませんでした」

「で、その由緒正しき店の横に、わざわざちっこいケーキ屋を構える勇者がいて、またその店がちゃんと流行《はや》ってんだよな。まあ、タイプが全然違うんだけど」

「それも、凄《すご》い話ですね」

「色んな菓子があって、色んな客がおる。店はそれぞれ上手いこと棲《す》み分けて、客もTPOに合わせて店を使い分けとんねんな。それが、層の厚さっちゅうもんなんやろ。似たようなもんを出す店がなんぼようけあっても、それは層が厚いとは言わんからな」

「なるほど。芸能界も同じですね。キャラが被《かぶ》らないほうがおいしい、みたいな言い方ですけど」

夏神の言葉に、李英は強く感銘を受けた様子で、優しい目を大きく見開き、何度も頷いた。

海里は、そんな李英の様子を窺《うかが》いながら、紅茶を一口啜《すす》り、何げなく問いかける。

「で、李英。さっきの話、何だよ？」

「え？」

「またすぐ来るって言ってたけど、お前、そんなに暇じゃないだろ？　舞台の仕事、増えてるんじゃねえの？」

　言葉ではなく視線で「何かあったのか」と訊《たず》ねる海里に、李英は姿勢を正し、真面目な顔で答えた。

「実は当分、仕事、なくなりました」

「……は？」

「どうかなさいましたので？」

　海里は啞然《あぜん》とし、彼の隣に座ったロイドは、心配そうに身を乗り出す。

「何があったんだよ？」

　緊張の面持ちになった海里に対して、李英はやけにサバサバした調子で答える。

「去年、大きな舞台で役をいただいたおかげで、少しだけ名前が売れたんです。それで仕事が前よりたくさん回ってくるようになったら、事務所から、舞台は控えてテレビドラマのほうに全力投球するように言われました。だけど僕は、もっと舞台で経験を積みたいとお願いしたんです。そうしたら……事務所の方針に従えないなら、契約の更新はしないって通告されました」

　海里は、ゴクリと生唾《なまつば》を飲む。

「その、契約の更新のタイミングって……」

「今日でした。なので僕、明日《あした》付で、事務所を離れてフリーになるんです。テレビの芸能ニュースになるほどの存在じゃないですけど、ネットニュースで拾われちゃうかもしれないでしょう。だから、先輩がそれを見る前にお知らせしたいと思って、来ました」

海里は、我がことのようにムッとした顔で、尖《とが》った声を出した。

「何だよ、それ！　せっかく、これから飛躍できるって時にさ。そりゃ、舞台の仕事はあんまり稼げないけど、お前の事務所はでかいんだから、稼げる奴は他にいくらでもいるだろ」

「だからこそ、僕みたいな言うことを聞かない、お金も稼がない役者は要らないんでしょう。もともと、アイドルがメインの事務所ですから。僕をこれまで面倒見てくれたのが、むしろ奇跡だったんですよ」

「でもなあ」

海里が悔しそうに呻《うめ》く一方で、夏神は要領を得ない顔で鈍く問いを挟む。

「事務所を辞めたら、仕事もなくなるもんなんか？」

「そりゃそうだよ。基本、事務所を通じて仕事を受けるわけだからさ。事務所を辞めたら全部チャラ。つーか……」

海里は言い澱《よど》み、チラッと李英を見る。李英はちょっと寂しそうな笑顔で頷《うなず》いた。

「はい。僕が貰《もら》ってた役は全部、同じ事務所の若手に割り振られました。身体一つで事務所を出て来た感じです」

芸能界に関してはまったくの門外漢である夏神とロイドは、顔を見合わせ、気の毒そうに李英に視線を向けた。

「どうにも情の薄いことでございますなあ」

「そういうものです。結局はビジネスの関係なので、そこはシビアですね」

だが、当の李英は、アッサリと言い返す。海里は、そんな李英を軽く苛立《いらだ》った口調で問い詰めた。

「お前、それでいいのかよ。俺、小さい事務所にいたから、お前のいたでっかい芸能事務所、羨《うらや》ましかったぞ。いや、別に元の事務所に不満はなかったけど、やっぱ力のある事務所じゃないと取れない仕事が、確実にあるだろ」

「そうですね。そういう意味では、去年の大きな舞台の仕事も、事務所の力があってこそいただけたものですし」

「それがわかってんなら、舞台半分、テレビ半分くらいで折り合って、事務所に籍を置いといたほうがよかったんじゃないか？　今さら遅いかもだけど、詫びを入れてさ」

「実は、今朝いちばんに、社長においとまの挨拶《あいさつ》をしてきちゃいました」

「くっそ、遅かったかあ！　なんで事前に、俺に相談しないかな」

「すみません！」

「っていうか、事務所が悪いよ。なんでそんな目先のことばっか考えて、お前みたいにこれから伸びてく奴を切っちまうんだろう。勿体《もったい》ないよ!」

本気で悔しがる海里に、李英はむしろ嬉《うれ》しそうに頭を下げた。

「そんな風に言って貰えて、僕、幸せです。あと、ホントは先輩に相談したかったんですよ」

「しろよ! 何で事務所辞める前に、電話でもメールでも寄越さなかったんだよ!」

悔しさと憤りを持て余し、海里はテーブルを拳《こぶし》で軽く叩《たた》く。だが李英は、謝りながらも毅然《きぜん》とした口調で言った。

「ホントにすみません。だけど、打ち明ければ、先輩は昔と同じように親身になって一緒に悩んで考えて、一生懸命アドバイスしてくれるって、わかってたから」

「わかってたんなら、なおさら……」

「で、僕も昔みたいに先輩にどっぷり甘えて、ゲタを半分、先輩に預けてしまいそうだったから。何度もスマホに手を伸ばしかけたけど、我慢しました」

「あ……」

「それじゃ、いつまで経っても自分が成長できないと思ったんです。自分の進む道は、自分ひとりで決めるべきだって。だから、相談しませんでした」

海里は、あからさまに不満げに、しかし李英の気持ちもわかるのでそれ以上咎《とが》めることもできず、腕組みして黙り込んでしまった。

そんな海里を見守りつつ、代わりに夏神が李英に問いかける。

「事務所を辞めることを自分で決めたんは、まあええと思う。せやけど、これからどないするんや？　事務所を辞めても、舞台役者は続けるんか？　っちゅうか、続けられるもんなんか？」

それに対する李英の返答も、実に明快だった。

「とりあえず、しばらくは休みを取ろうかと思います。それが、お世話になった事務所への礼儀っていうか、暗黙のルールなので」

「へえ。ほんで、その後は？」

「ありがたいことに、舞台でご一緒した先輩がたが何人か、ご自分の事務所に誘ってくださってますし、半年後くらいから、舞台の仕事もいくつかいただけるみたいです。なので、休業期間を色んな勉強にあてて、そこから少しずつ経験を積みながら、自分にいちばん合った事務所を探そうと思ってます」

「じゃあ、舞台役者としてずっとやってく覚悟を決めたのか」

「はい。僕は器用なほうじゃないので、少なくとも今は、舞台一本でやっていくつもりです。事務所のコネがなくても仕事が貰えるように、また一から頑張ります。何より大好きな仕事ですから、絶対諦《あきら》めません」

まったく迷いのない李英の話しぶりに、海里はようやく愁眉《しゅうび》を開《ひら》いた。

「いつも引っ込み思案で、すぐ悪いほうに考えてクヨクヨしてたお前が、ひとりでそこまでちゃんと決められたんだな。よかった」

「先輩……」

「なんかすげえ安心した。それでさっきお前、またすぐ来るって言ったのか」

李英は笑顔で頷いた。

「はい。そのうち関西の言葉を喋《しゃべ》る仕事も来るかもしれないので、この機会に、関西のあちこちをゆっくり巡って、土地の言葉とか空気とかに触れて、浸ってみたいなと思ってます。その間に、先輩ともっと会って喋れたら嬉しいです」

「んなの、俺だって嬉しいよ。USJとか行こうぜ」

「あっ、それは是非とも！」

「では僭越《せんえつ》ながらわたしもお供を。ああした遊戯施設には、大人が同行するものだと聞いておりますゆえ」

すかさず仲間に入ろうとするロイドに、李英はポカンとし、海里は片眉《かたまゆ》を思いきり上げた。

「誰が大人だ！　つか、俺たち二人とも、もう大人だよ。ついて来たいなら、素直にそう言え」

「ご一緒しとうございます！」

「よし。じゃあさ、夏神さんも一緒に行こうよ。アトラクションに乗るのに、三人よか四人のほうが分かれやすいしさ」

海里にいきなり誘われ、夏神はギョロ目を白黒させて自分を指さした。

「は？　俺もか？　ガチのおっさんが行って楽しいとこなんか、USJて」

「そりゃ、何か楽しいアトラクションもあるだろ。よーし、決まった。今度四人で、李英のリスタートを祝って、USJでぱーっと遊ぼう！」

海里は、まるで自分が何かを吹っ切ったような明るい笑顔で宣言した。

そして、夏神はまだ乗り気でない感じで、一方のロイドと李英はワクワクした顔で、それぞれ「おー！」と片腕を上げたのだった。

＊　　＊

芦屋警察署に勤務する生活安全課の刑事、仁木涼彦《にきすずひこ》が「ばんめし屋」を訪ねてきたのは、それから三日後、金曜日の夕方のことだった。

「おい、どうした？」

ガラリと店に入ってきた涼彦は、開口一番そう言った。

カウンターの中にいた海里は、やけに元気のない顔で片手を上げた。

「あ、仁木さん。しばらくぶり」

いつもはもっと溌剌《はつらつ》としているはずの海里が、あからさまにしょぼくれているのを見て、涼彦は怪訝《けげん》そうな面持ちになる。

「おいおい、何ごとだよ」

「しー。あんま大声出さないでくれよ」

「……あ？」

静かに窘《たしな》められ、涼彦はますますわからないと言いたげな顰《しか》めっ面で、それでも律儀にカウンターに歩み寄り、低い声で問い質《ただ》した。

「表に、『本日臨時休業』って書いてあったぞ。何かあったのか？」

「んー。何かあったっていうか、何もなかったっていうか……」

「ハッキリしろよ。どうした？」

涼彦は心配そうに、カウンターの中を覗《のぞ》き込んだ。

料理をしているのかと思いきや、海里は茹《ゆ》でた小松菜を切り、汁気を絞り、フリーザーバッグにせっせと詰めている。確かに、開店準備ではなさそうだ。

「ちょっと待ってて」

そう言うと、海里は手早く小松菜をバッグに詰め終え、それを冷凍庫にしまい込んだ。それからエプロンを外し、まくり上げていたワークシャツの袖《そで》を手早く戻す。

カウンターから出てきた海里は、椅子の背に引っかけてあったスタジアムジャンパーに袖を通しながら、涼彦に小声で言った。

「外、出ようよ」

「は？　何でまた」

「いいから！」

海里は訝《いぶか》しむ涼彦のジャケットの袖を引くと、半ば強引に店の外に連れ出す。

店の入り口に施錠すると、海里は「こっち」と車道を渡り、芦屋川沿いに北に向かって歩き出した。

「……何なんだ？」

軽く首を捻《ひね》りながらも、基本的に付き合いのいい涼彦は、それ以上何も言わず、とにかく海里についていくことにした。

昭和の初めの頃、大水害で氾濫《はんらん》したことのある芦屋川は、万が一のときに備え、河川敷を驚くほど広くとってある。

その立派な河川敷に降り、やはり北に向かってしばらく歩いてから、海里はようやく口を開いた。

「俺からあんまし詳しい話はできないんだけどさ、今日、夏神さんがすげえ凹《へこ》んじゃって、そんで臨時休業になったんだ。落ち込みすぎて、他人様《ひとさま》に旨《うま》いものを食わせようっていうモチベーションが湧いてこないんだってさ」

「あの豪快そうなマスターが？　ああいや、思い出した。こないだマスターの師匠が急死して、司法解剖先で会ったときは、確かに酷《ひど》い有様だったな。意外と繊細な人なんだなと思ったもんだ。師匠の弔いのほうは、もうあらかた落ちついたんだろ？」

昼間の日差しで地面が温まっていて、歩いていると少し暑いくらいだ。ジャケットを脱ぎながら訊《たず》ねる涼彦に、海里はこっくり頷《うなず》いた。

「ん。四十九日の法要が済んだから、あと、次に大きいのは一周忌かな」

「だな。ってことは、マスターが落ち込んでるのは、そっちとは関係ないのか」

「うん」

「色々あるんだな、あの人も」

やけにしみじみした涼彦の言葉に、海里も頷く。

「夏神さんが二階の茶の間に籠《こ》もってるからさ。店の中で話しづらくて。まあ、いい気候だし、散歩もいいでしょ」

軽い口調のわりに浮かない顔をしている海里の頭を軽く小突いて、涼彦はニッと笑った。端整な顔をしているが、笑うと妙な凄《すご》みがあって、彼が生活安全課といえども危ない橋をいくつも渡ってきた刑事であることを、海里に再認識させる。

「まあ、悪くはねえが、花見の時季は逃しちまったな」

海里と肩を並べてのんびり歩きながら、涼彦は幾分残念そうに、斜め上を見た。

「ばんめし屋」のあたりの街路樹は松だが、国道二号線を潜ったところで桜に変わる。そこから上流にかけての川沿いの道は、毎年、花見客で大いに賑《にぎ》わうのである。

「俺、ロイドと夏神さんと三人で、ずーっと川上のほうまで歩いて花見をしたよ。すげえ人出だったから、歩いただけでどこにも寄らずに帰ってきちゃったけど、ほぼ満開で、綺麗《きれい》だった」

「へえ。仕事でバタバタしてるうち、いつの間にか桜が散っちまったな。おっ」

そう言いながら、涼彦はふと足を止め、手を胸の高さに上げた。その掌《てのひら》の上に、淡いピンク色をした桜の花びらが一枚、ヒラリと舞い落ちる。

上を見れば、ほんの数輪、名残の桜が咲いていた。

「プチ花見できて、よかったじゃん」

そう言って、海里は小さく笑った。そして、早くも緑色の若葉が芽吹きつつある桜の梢《こずえ》を指さして不思議そうに言った。

「なんでこう、この辺に生えてる桜の木って、枝が車道のほうじゃなく、川のほうだけにびょーんと伸びるんだろな。しかも、わりと斜め下向きに」

するど涼彦は、こともなげに答えた。

「そりゃお前、アレだろ、反射」

「反射？　何の？」

「日光だよ。水面《みなも》に、太陽の光が反射してキラキラするだろ？　だから桜が、そっちにも太陽があると勘違いして、下向きに枝を伸ばす……と、俺は習った」

「へぇ！　なるほど。物知りだな、仁木さん」

「普通だ」

「んなことないって。ロイドがいたら、もっと大袈裟《おおげさ》に感心するよ」

それを聞いて、涼彦は意外そうに海里の周囲を見回した。

「そういや、あの眼鏡おじさんの姿が見えんな。いつもはお前にへばりついてるのに」

「今日は、眼鏡に戻ってもらって、そろっと茶の間に置いてきた。夏神さんの様子、何とはなしに見ててほしいからさ」

口ぶりは相変わらずさりげないが、海里の顔にも声音にも、深い懸念の色がある。刑事の目がそれを見逃すはずもなく、涼彦は鋭い眼差《まなざ》しで海里を見据え、詰問してきた。

「で？　ここまで来りゃ、話せるんだろ。取り調べじゃないから根掘り葉掘り訊《き》く気はねえが、ざっくりでも喋《しゃべ》ってみろよ。そのほうが、お前がちったぁ楽になるだろ」

やんわりと図星を指され、海里はちょっと痛そうに顔をしかめた。それでも、口では強がってみせる。

「へえ、そんな優しい詮索《せんさく》をしちゃうんだ、仁木さんって」

「後学のために教えといてやろうか。刑事《デカ》が優しいときは、たいてい下心がある」

涼しい顔でそう言い放ち、涼彦は河川敷の遊歩道の縁に腰を下ろした。

「下心？　何それ」

「いいから、座れ。お前の話を先に聞いてやる」

涼彦に傍らの地面をポンと叩《たた》かれ、海里は訝《いぶか》りつつも、石堤の上に座り、長い脚を川のほうにダランと下ろした。

「で？」

「夏神さん、ずっと前に、凄く大事な人に先立たれてるんだ。事故っていうか、災難っていうか、そういう突発的なことで」

「大事な人ってなぁ、さしずめ恋人ってとこか。ああいい、俺が勝手に推測してるってことにしとけ。お前も、無駄にお喋り野郎にはなりたくねえだろ。で？」

「ええと……それは夏神さんのせいじゃないんだけど、夏神さんに責任があると思ってる人たちもいてさ。夏神さん、そのことでずっと苦しんできたんだよ。で、つい最近、やっとその誤解を解こうと思い立って、その人たちに手紙を書いたんだ。凄く一生懸命、便箋《びんせん》七枚くらい使って、手書きで」

「そりゃ凄い」

「俺も、凄いと思った。すげえ頑張って、辛《つら》い思い出を引っ張り出して、そのときのことを書いてさ、一度会ってほしい、話がしたいって書いたんだって」

「んで？　ああ、凹んでるってことは、面会を断られたのか」

だが、海里はキラキラ光る浅い川の流れを見下ろしながら、小さくかぶりを振った。

今度は推測が外れた涼彦は、幾分不満げに先を促した。

「そうじゃないなら、何だってんだ？」

海里は少し黙りこくったあと、小さな声で答えた。

「読んでさえ、貰《もら》えなかった。『受け取り拒否』で、封も切らないままの手紙が、突き返されてきたんだ、さっき」

「あー……そいつぁ」

涼彦はさすがに気の毒そうに軽く眉《まゆ》をひそめ、しばらく薄い唇を引き結んでいたが、やがて再び口を開いた。

「勇気を奮い起こした最初のアクションで躓《つまず》くのは、きついな。そりゃ凹むわ」

「だろ？　たぶん今頃、布団ひっかぶって寝てるか、部屋の隅っこで体育座りしてるか、どっちかじゃないかな。俺だったら、そうするもん。夏神さんなら、ヤケ酒もするかも」

「なるほど。それでお前、さっきは食材を冷凍してたんだな。あの菜っ葉は、今日使うはずの奴だったってわけだ」

「うん。不幸中の幸いで、ほとんどの食材は冷凍できたり、日持ちしたりする奴だったから、無駄は出さずに済む。まあ、ほら。お客さんには申し訳ないけど、夏神さんだって、たまにはふて寝したい気分の日があるよ」

夏神の代わりに弁解するような口調でそう言った海里の横顔は、夏神の失望が移ったように沈んでいる。

涼彦は、ワイシャツの肩を軽く竦《すく》めてみせた。

「まあ、気の毒ではあるが、自分の熱意が、常に相手に伝わるとは限らんよ」

「そりゃそうだけど！」

「それでも、成果はあったんだ。そうだろ？」

海里は、目をパチパチさせて、涼彦の顔を見つめる。

「いや、だから手紙を読んでもらえなかったんだから、成果なんてないよ？」

だが涼彦は、口角を僅《わず》かに上げると、地面に落ちていた小さな石を拾った。そして、「見てろ」と言うなり、それを軽いモーションで投げる。

石は、ゆったり流れる川にあやまたず落ちた。

「な？」

涼彦の突然の行動の意味を判じかねて、海里は川面《かわも》と涼彦の顔を交互に見る。

「な？　って、何が？」

すると涼彦は、出来の悪い生徒に相対する教師のような面持ちで言った。

「何か行動を起こすってのは、石を投げるのと同じことだと言ったんだ」

海里は、すっかり平静に戻った水面を指さし、不満げに言い返す。

「石を投げたって、何も起こってないじゃん。夏神さんが手紙を書いたって、何も起こらなかったのと同じって意味？」

「そうじゃねえよ。お前は思ってたよりバカだな」

「はあ⁉」

決して気が長いほうではない海里は、キリリと眦《まなじり》を吊《つ》り上げる。だが涼彦は、嚙《か》んで含めるように言った。

「ホントにちゃんと見てたか？　俺が石を投げたら、水面に波紋ができただろ」

「すぐ消えた」

「それでもだ。たとえささやかでもすぐ消えるものでも、『何か』は起こった。そして俺たちの目に見えなくても、あの石ころは、水の底に沈んでる。消えたわけじゃねえ。これまた死ぬ程ささやかでも、川ん中で、流れは変化してるだろう」

「！」

ようやく涼彦の言わんとすることに気付いた証拠に、海里の瞳《ひとみ》にはいつもの明るい光が戻ってくる。

涼彦はふっと笑って、さっきまで縦皺《たてじわ》が刻まれていた海里の眉間《みけん》を人差し指でつついた。

「マスターの手紙を受け取った相手は、手紙をそのまま捨てて、何も起こらなかったことにすることもできたんだ。わざわざ受け取り拒否で突っ返してきたってのは、確実に『変化』であって、マスターが手紙を書いた『成果』でもある。そうだろ？」

海里はまだ少しポカンとしたままだが、ゆるゆると何度も頷《うなず》く。

「言われてみれば、確かに」

「たとえポジティブな反応じゃなくても、マスターの手紙が、何かを引き起こしたことは確かなんだ。そう悲観したもんじゃない。すべてが無駄になったわけじゃねえよ」

「そっか。そうだな。すげえ。仁木さんの言うとおりだ。俺、上手《うま》く行くことだけを『成果』だと思ってた。きっと、夏神さんだってそうだ」

「だろうな。だからこそ、やったことが全部無駄になったと思って、凹《へこ》んでるんだろ。そうじゃねえよ。長い目で見りゃ、それはきっと何かを生み出す。それが求めてる結果かどうかは、知ったこっちゃねえけどな」

涼彦の選ぶ言葉はいささかぶっきらぼうだが、その声には、染みいるような温かさがある。

「サンキュ、仁木さん。俺、それを夏神さんに……」

海里は涼彦に頭を下げると、そのまま立ち上がろうとした。だが、涼彦は海里の肩に手を置き、それを制止する。

「仁木さん？」

不思議そうな海里に、涼彦はニヤリと笑ってこう言った。

「授業料を払わずに帰るつもりか？」

「えっ？　や、それは」

「それに、そういう励ましが通じるのは、一度徹底的に凹んで、気分が少し落ちついてからだ。今すぐどうこうしようなんて思うな。しばらくひとりで放っておいてやれ」

「……そういうもん？」

「そういうもんだ。それに、今日は店が臨時休業になって、俺としては助かった」

「は？　どういうこと？」

「こないだ手助けしたお返しに、お前をちょいと貸してくれと、マスターに頼むつもりだったからな」

「へ？　俺を？」

海里はキョトンとして、自分を指さした。涼彦は、怪しい笑顔のまま、すぐ目の前に見える山を親指で指して言った。

「ああ。師匠の借りは、弟子が返せ」

「……いいけど、何すりゃいいの？」

不安げな海里に、涼彦は真顔に戻ってこう言った。

「これから、俺と一緒に山に登ってくれ。そこでの仕事に、お前の力を借りたい」

二章　そこに潜むもの

　自動車がヘアピンカーブに差し掛かると、助手席にいる海里には強い遠心力が作用する。

　そのたび幅広のシートベルトが、己の存在を主張してくるようだ。

　内臓をぐっと押し上げられるような不快感に、海里は呻《うめ》いた。車内に染みついた煙草の臭いが、余計に不快感を増幅させている。

　登山道路の最初のうちは、一軒家やマンションが並んでいたが、すぐに家は絶え、今、窓の外に見えるのは山の斜面ばかりだ。

「ちょ……どこまで続くの、このぐねぐねの山道」

　こちらは妙に楽しげにハンドルを切りながら、涼彦はサラリと答える。

「まだ始まったばかりだ。というかお前、山には登ったことがないのか？　六甲山《ろっこうさん》とか、有馬《ありま》温泉とか」

　シートの、今ひとつ位置が合わないヘッドレストにグッタリと後頭部を押しつけ、海里は早くもこみ上げる吐き気をこらえながら答えた。

「行ったことない。だって、野郎ばっかで行ったってしょうがないだろ、そんなとこ」

「そうでもない。俺は非番の日にたまに行くぞ、有馬温泉」

「はあ？　ひとりで？」

覇気のない海里のツッコミに、涼彦はむしろ訝《いぶか》る様子で答えた。

「当たり前だろ。岩盤浴をして温泉に入るのに、なんで連れが必要なんだよ」

「うわ、おひとり様超エンジョイ派かよ。どうせなら誰かと一緒に行って、いい湯だったな～とか言い合いたいじゃん？」

「別に。温泉には、自分のペースで入りたい。待ったり待たれたりは鬱陶《うっとう》しいからな。ああ、でも一憲《かずのり》とならいっぺんくらい行ってみたかった」

「はいはいはいはいはい！　兄貴の話はいいから」

またしても兄の一憲への想いを口にしようとする涼彦を、海里は無造作に遮る。涼彦は、忌々しげに小さく舌打ちした。

「付き合いの悪い奴だな。たまには語らせろよ！」

「嫌だよ。俺の兄貴に二十年も片想いをこじらせてるオッサンの話とか、聞いたって楽しくないもん」

「お前にしか話せないんだから、たまには聞けよ。あと、オッサンって言うな」

くだらないやり取りをしながら、涼彦は器用にカーブを切りつつ、片手をハンドルから離して、当てずっぽうに海里の頭を小突こうとする。

それが鼻のあたりに軽く当たって、海里は抗議の声を上げた。

「暴力はんたーい。警察官が、運転中にハンドルから手を離すなよな！　つかこれ、覆面パトカーって奴？」

「ああ。一般家庭を訪ねるのに、いかにもなパトカーじゃ、人目につくだろ」

「まあ、そりゃそうだな。つか、どこの誰を訪ねるわけ？　俺、まだ何も聞いてないぞ」

「そういえばそうか。悪い。着くまでに、手短に話す。これから行くのは、奥池《おくいけ》だ。行ったことはなくても、地元なんだからどんなとこかは知ってるだろ？」

胸をさすって吐き気を宥《なだ》めながら、海里は頷く。代わりにシャツの胸ポケットから、答える声があった。

『六麓荘《ろくろくそう》と並ぶ山の手の高級住宅街と伺っておりますが』

無論、声の主はロイドである。

海里が想像したとおり、夏神が布団をひっかぶって寝てしまったので、ロイドが見守る必要がひとまずなくなった。

それに、涼彦が海里に、「できたらロイドも連れてきてくれ。眼鏡姿で」と言ったため、こうして同行させることにしたのである。

涼彦は横目でチラとロイドが入っているポケットを見たが、すぐ前方に視線を戻し、口を開いた。

「そうだ。奥池は山の手じゃなく、山奥だけどな。その高級住宅街に居住するある女性が、昨日、署に相談に来たんだ」

「相談？　どんな？　DVとか？」

「その人はひとり暮らしだ。だいいち、相談内容がDVなら、お前とロイドに助力を求める必要はねえだろが」

車酔いで青い顔をしながらも、幾分興味をそそられ、海里は涼彦を横目で見た。

「俺たちの力が必要ってことは……まさか、幽霊関係？」

「か、どうかは、まだわからん。お前らを連れてきたのは、念のためって奴だ。何しろ、どうにもふわっとした相談でな」

「何、それ？」

「そもそも事件ではなさそうだからこそ、生活安全課に回されてきた案件だ。その女性は……まあ、自宅を訪ねるんだから、名前を明かしてもいいか。ただし、これから得た情報は、万事、他言無用で頼むぞ。まあ、マスターまでならギリギリ構わんが」

「わかってるっつの」

『極秘任務でございますね！　かしこまりました。貝のように口を閉ざしております』

海里は投げやりに、ロイドはやけに熱意たっぷりに請け合う。

「ああうん、弟はともかく、ロイドは訪問先では眼鏡らしくな。無言で頼む」

『お任せください。わたしはただ今、どこからどう見ても眼鏡でございます』

「そりゃそうだ」

失笑しながらも、涼彦は説明を続けた。

「これから訪ねる人物は、本名、西原《にしはら》アカネ。三十五歳。茜《あかね》に音と書いて、茜音《あかね》の名で、木版画家を生業《なりわい》にしているそうだ」

「木版画家！　初めて会うよ、そんな職業の人。その人が、警察に何の相談？」

「先月、中古物件の一軒家を購入して引っ越してきて以来、謎の気配と声に悩まされているというんだ」

「謎の気配と声？　何それ」

「深夜、眠っていると、何かの気配で目が覚めるんだそうだ。だが、起きて見回しても、何もいない。微《かす》かな声が聞こえたような気もするが、定かではないし、人かどうかもわからないと」

そこまで聞いて、海里はギョッとした顔つきになった。

「え、待って。もしかしてマジでホラー案件？　俺、怖いのわりと駄目なんだけど」

「さんざん幽霊騒ぎにかかわっておいて、今さら何を言ってるんだ、お前は。だいいち、ホラー案件かどうかはわからん。だが、本人はそれがほぼ毎晩続くので気になって、作品制作に支障を来して困ると訴えてきた」

「なんか……言っちゃなんだけど、それさあ。先に行ったほうがいい場所がある気がするんだけど、俺」

「ちなみに、心療内科は受診済みだが、特に問題はないと言われたそうだ」

「手回しいいなあ。でも、マジでフワッとした話過ぎない？　警察って、そんな相談にまで対応すんの？」

「いや、そんな相談を受けたのは初めてだったから、面食らった。だが聞けば、ずっと関東で生まれ育ったから、こっちで暮らすのは初めてで、知り合いは誰もいないんだそうだ。それじゃあ、医者が駄目なら警察に、ってなるのも無理はないと思ってな」

「で、気の毒だから、仁木さんが引き受けたんだ？」

「別に、気の毒だから引き受けたわけじゃないぞ。警察の仕事は、情でやるもんじゃない。ただ、最初に話を聞いたのは俺だし、生活安全課の同僚たちも皆、他に案件をいくつも抱えて忙しい。まあとにかく相談を受けた以上、気配や声が聞こえるという家を見に行かないわけにもいかんだろう。適当にあしらった挙げ句、何か事件が起こったりしたら、取り返しがつかん」

いかにも生真面目にそう語る涼彦に、海里もグンニャリしたまま話を続ける。

「まあ、確かに。けど、本人は何だと思ってるわけ？」

「見当も付かないと言っていた。俺は、獣じゃないかと思っているんだがな」

ようやく山道に少し慣れた海里は、窓の外を見た。

曲がりくねった道を走り、車はどんどん山を登っていく。新緑の季節にはまだ少し早いが、それでも鮮やかな緑の新芽に交じって、白っぽいヤマザクラや紫色のツツジが咲いており、実に春らしい。

「確かに、ガチの山奥だもんな。獣はいそうだけど……たとえば？　ネズミ？　それとも、イノシシ……は、でかすぎるか」

「リス、ネズミ、イタチ、ハクビシン……天井裏に住み着く小動物は、他にもいるだろう。西原さんが購入する前、家は数年間空き家だったらしい。可能性はある」

海里のシャツの胸ポケットの中で、セルロイドの眼鏡がブルッと震える。

『ネズミというのは、恐ろしいものでございますよ。きゃつら、食べ物とそうでないものの区別がつかないのです。前のご主人がまだお若い頃、お宅にはネズミがしばしば現れ、机の上に置かれていたわたしが、ほんのひと齧《かじ》りされたことがございます。ああ、思い出すだに恐ろしい』

その光景を想像したのか、ハンドルを切りながら、涼彦は小さく笑った。

「そりゃ、災難だったな。とにかく、獣が原因とわかれば、本人は安心するだろうし、あとは勝手に駆除業者でも呼んで貰《もら》えば済む。ただ……まさかとは思うが、獣より厄介なものだと困る」

「獣より厄介なものって？」

「さあ。人、とか？」

人と聞いて、海里はギョッとした。

「誰かが、空き家時代から隠れ棲《す》んでるとか？　映画じゃあるまいし、やだな、そんな話。うっかり家を見回って、出くわしたら滅茶苦茶怖いよ。幽霊より怖いじゃん」

「別に、お前にそいつと戦えとは言わん。そうだったら、対処は俺の仕事だ。とにかく、お前の言う『ホラー案件』だったときを考えて、お前とロイドに来てもらったんだ。刑事仲間じゃ、対応できん分野だからな」

「うわあ……気が重い」

「心配するな。お前に何かあったら、俺が一憲にどやされる。意地でも守ってやるさ」

「それ、俺とロイドのためじゃなくて、兄ちゃんのためじゃん」

「結果は同じだろう」

「へいへい」

海里は再びヘッドレストに頭を預ける。何度目かのヘアピンカーブを曲がった後、目の前に、コンクリート製のゲートのようなものが見えてきた。

「あれ、何？」

涼彦はこともなげに答える。

「料金所だよ。あそこから先は、芦有《ろゆう》ドライブウェイになる。六甲山や宝塚《たからづか》や有馬へ続く有料道路だ」

海里は、驚いて目を丸くした。

「へ？　待ってくれよ。一本道だろ、ここ。それなのに、いきなり有料道路？　あ、住人はタダなのか」

「いや。住人も、割引とはいえ定期券を買うらしいぞ」

「マジか！　家に帰るたび、お金がかかるってこと？　すっげえな！」

「本当かどうかは知らんが、家に帰る唯一のルートが有料道路なのは、日本でもここだけって話だ」

「そりゃそうだろ。ありえねえな」

海里が呆《あき》れている間に、涼彦が運転する車はゲートに差し掛かる。どうやら支払いはゲートを出るときらしく、涼彦は窓を開け、機械が発行する通行チケットを受け取った。

ゲートを抜けたところには、海抜四百メートルの表示があった。道の両側に植えられた桜の木は、まだ七分咲きだ。

山の上には、春が時間差で訪れるものらしい。

間もなく見えてきた分かれ道を、涼彦は左へ折れた。頭上には、「芦屋ハイランド」という標識がある。

一方通行のやや細い道を通り、さっきまで走っていた芦有ドライブウェイの下を潜ってしばらく行くと、車はいよいよ住宅街に差し掛かった。

「ここが奥池？　絵に描いたみたいなお屋敷街だな！」

ヘアピンカーブから解放され、まだ顔色は悪いものの、海里は少し元気を取り戻して窓の外を眺めた。

山の中腹を切りひらいて造成した住宅街は嫌というほど緑に包まれていて、土地の区画がとにかく大きい。

建ち並ぶ住宅も、まさに邸宅と呼ぶべき立派な建物が多い。建築家が意匠を凝らしたと思われる奇抜なデザインのお屋敷も、あちらこちらにあった。

家々の庭も、木々がこざっぱりと剪定《せんてい》され、玄関先にはパンジーやプリムラといった春の花が美しく咲いている。

「ええと、番地からいって……ああ、ここだな」

広い通り沿いの一軒の家の前に、涼彦は車を停めた。

海里はいち早く車から降りて、外の空気を胸いっぱい吸い込む。

「ふわあ……生き返る！」

山の空気は心なしか街中より清浄な気がして、車酔いがすうっと楽になった。

目の前にある家は、他の家々とはちょっと毛色が違うようだった。

敷地は他と同じく広いのだが、外周がぐるりと背の高い生け垣に取り囲まれ、まるでちょっとした雑木林のようだ。

デコラティブな模様のある鉄製の門扉から中を覗《のぞ》くと、生け垣だけでなく、庭木もかなり奔放に茂っているのが見える。

そんな木立の中に煉瓦《れんが》を土に埋めて造った通路があり、それが敷地の奥まったところにある家の玄関へと続いていた。

「渋い家だな」

海里が呟《つぶや》くと、ロイドはポケットの中で、『我が故郷、イギリスを思い出しますなあ』と言った。

「マジかよ。お前、イギリスにいたのはすげえ短い間だけだろ？」

そんな風に混ぜっ返しながらも、海里は内心、ロイドの言わんとすることがわかるような気がしていた。

煉瓦造りの平屋建ての家は、他の邸宅とは何かが決定的に違っている。

色むらをそのまま活《い》かした素朴な煉瓦は、いかにもヨーロッパ的だったが、それだけではない。

家の印象を正しく表現する言葉を思いつけなかった海里だが、代わりにロイドが、実に的確な感想を口にした。

『たいへんに、野趣溢《あふ》れる建物でございますなあ』

「それだ！　野趣！　なんかこう、よその家がエレガントなら、ここんちのはワイルドって感じだよな。何でだかわかんないけど。なあ、仁木さん」

「知らん。俺は建物には興味がないんだ」

無愛想にそう言うと、「いいから、大人しく黙ってろよ」と一人と一つを睨《にら》み、涼彦はインターホンを押した。

数分は待っただろう。ようやくスピーカーから、「……はい」という実に覇気のない女性の声がした。

「昨日、お話を伺いました、芦屋署の仁木です。お約束どおり、お宅を見せていただきに上がりました」

スピーカーに顔を近づけ、涼彦は抑えた声で慇懃《いんぎん》に挨拶《あいさつ》をする。すると、「どうぞ」と低い声で応答があり、門扉が遠隔操作でガチャッと解錠される音がした。

「お、意外とハイテク」

予想外のことに、海里は軽くのけぞる。だが涼彦は、特に驚いた様子もなく、門扉を開いた。

「この辺りは、人口密度が低いからな。おまけに富裕層が多いと知れ渡っているから、空き巣や泥棒がそれなりに出る。どの家も、セキュリティには気を遣わざるを得んさ。多くの家の玄関先に、この手のステッカーが貼ってある。ほら、この家も例外じゃねえ」

「ああ、なるほど！　ホントだ」

涼彦が指摘したとおり、黒塗りされた鉄製の門扉には、ホームセキュリティ会社の赤いステッカーがぺたりと貼ってある。まずはこれで、盗人《ぬすびと》に警告を与えるのだろう。

与えられた的確な説明に納得し、海里はキョロキョロと庭のあちこちを眺めながら、涼彦について敷地内へと足を踏み入れた。

二人が玄関ポーチにたどり着く頃に、ちょうど玄関の木製の重そうな扉が開いた。

姿を見せたのは、ほっそりした体型の女性だった。

ワークシャツとジーンズの上から、胸当てのついた丈が長めの生成りのエプロンをつけている。服がどれもオーバーサイズ気味なので、袖口《そでぐち》から覗く手首が余計に細く見えた。

肩につくくらいのストレートの髪をうなじで無造作にまとめ、化粧はまったくしていない顔に、シンプルなメタルフレームの眼鏡をかけている。

「すみません、わざわざ」

ニコリともせず、女性は涼彦に頭を下げた。それから、傍らに立つ海里に気づき、訝《いぶか》しげに涼彦の顔を見上げる。

「そちらも警察の方ですか？」

問われて、涼彦はあらかじめ考えてあったらしい紹介の文句をサラリと口にした。

「いえ。気配や声が人間や動物のものなら、自分ひとりで対応可能です。しかし、そうでない可能性を考えて、信頼できる知人を連れてきました。西原さんがよろしければ、一緒にお宅の中を見回ってもらおうと思っているんですが、如何《いかが》でしょうか」

「そうじゃない可能性って……」

「あくまでも、念のためですよ。よろしいですか？」

訝しげな顔で口を開いた女性の言葉をさりげなく遮って、「他の可能性」を詳しく語ることを避け、涼彦は重ねて了承を求める。

いかにも不承不承といった感じではあるが、女性は曖昧《あいまい》に頷《うなず》いた。

「はあ……。まあ、お巡りさんの知り合いなら変な人じゃないでしょうし、構いませんけど」

「ありがとうございます。彼は五十嵐といいます」

簡単に紹介され、海里はペコリと頭を下げた。

「どうも、五十嵐です」

「いがらし……さん?」

「はい。マジで怪しいもんじゃないんで……痛っ」

どーんと任せてくださいと言いかけた海里の二の腕を、涼彦は肘《ひじ》でつつく。不満げに口を尖《とが》らせる海里をろくに見ようともせず、女性はそれでも挨拶を返してきた。

「西原です。お世話をかけます」

どうやら、彼女……アカネは、あまり明るい性格ではなさそうだ。

美人とまでは言わないまでも、あっさりした目鼻立ちで、眼鏡も相まって知的な雰囲気がある。だが、表情がどうにも硬いのだ。

それに喋《しゃべ》り方も抑揚があまりなく、声も小さい。しかも、話をするとき、あまり相手の目を見ない癖があるようだと海里は感じた。

有り体にいえば、全体的な印象は、少々暗い。

(人見知りなのかな。芸術家って、そういう人が多いような気がするし)

特に根拠のない推測をしつつ、海里は涼彦と共に、家の中に招き入れられた。

家の中にも、外観の「ワイルド感」は存在していた。

まるでヨーロッパの古いコテージのように、壁面はざらっとした漆喰《しっくい》塗りで、鏝《こて》の跡が、まるで波のような模様を作っている。

漆喰の白と美しいコントラストを成すように、そこここに使われた木材はすべて黒みがかっており、壁に取り付けられた照明は、燭台《しょくだい》を模したデザインだ。

「古いロッジみたいだな」

ポケットの中のロイドにだけ聞こえるような小声で、海里は囁《ささや》いた。

「応接間とか、ないので」

そう言いながら、アカネが二人を連れていったのは、やけに広々した、開放感のある部屋だった。

こぢんまりした家の中では、この部屋がずいぶん大きな割合を占めていることは一目瞭然《いちもくりょうぜん》だ。

開放感の理由は、すぐにわかった。

天井が普通の部屋よりやや高く、しかも部屋の二面が大きな掃き出し窓になっていて、ふんだんに光が入る構造になっているのだ。

今は夕方なので明るさもさほどではなかったが、窓からは芽吹き始めた庭の木々が見える。初夏には、もっと美しく、爽《さわ》やかな光景になることだろう。

昼間に来て、窓でも開け放てば、うっとりするほど居心地のいい空間になるはずだ。

だが今は、窓は閉めきられ、日も傾きつつある。

「暗くなってきた」

独り言のようにそう言うと、アカネは灯《あか》りを点《つ》けた。今では滅多に見ない白熱灯のやわらかな灯りが、室内を優しく照らす。

「ここが、アトリエですか」

室内をぐるりと見回した涼彦は、納得顔でそう言った。

漆喰壁に面して、木製の長い作業机が据えられ、その上には版木だろうか、何枚も板が置かれ、彫刻刀が驚くほどたくさん並べてある。

さらに、絵の具やハケの類《たぐい》も、きちんと整頓《せいとん》して置いてあった。

すべて、木版画を制作するのに必要なものばかりだ。

その他、室内には一脚ずつまったく種類の異なる椅子が五脚、あちこちに置かれていた。木製の本棚や、昭和の学校の保健室にあったようなキャビネットが壁沿いに並び、どこか懐かしい雰囲気がある。

「人を通すなら、この部屋しかないんです。ええと。それで、どうしたらいいですか？」

自分で相談を持ちかけておきながら、どうにも居心地の悪そうな顔で、アカネは涼彦に指示を求める。

涼彦も、負けず劣らずの戸惑い顔ながらも、一応、手順を考えていたのか、こう切り出した。

「家の中の大まかな構造を知っておきたいんで、設計図があったら見せてほしいんですが」

するとアカネは、ますます困惑顔で肩をすぼめた。

「すみません、この家、設計図、ないんです」

「は？　いや、いくら中古物件でも、不動産屋から提示が……」

「それが、この家、やけに安くて。不動産屋さんに理由を聞いたら、建物がええと、自家製……？」

「自家製？」

余計なことは言うなと前もって言われていたにもかかわらず、海里は思わず意外な言葉をオウム返しにしてしまった。

涼彦はすかさず咳払《せきばら》いで海里を黙らせ、こちらは冷静に問い返す。

「つまり、専門職に依頼せず、自分で建てたって意味ですか？」

「そう、それ。基礎や配線なんかは業者に頼んだんだろうってことですけど、基本的に、前の住人が自分で煉瓦《れんが》を積んで、壁を塗って、建てた家だそうです。だから、ちゃんとした設計図はなくて、不動産屋さんがおおまかに計って描いたものしか……ええと、この辺に」

相変わらずボソボソと喋りながら、アカネは部屋の片隅にある古ぼけた本棚から、ピンク色のバインダーを取り出した。

作業台の上でそれを開き、ペラリとした紙片を取り外して、涼彦に差し出す。

「これです。あとは実際に見てくださいって言われたし、小さい家だから、それで十分でした」

「なるほど。拝見します」

涼彦は、本当にざっくりした見取り図を眺めた。海里も、涼彦の横に立ち、覗《のぞ》き込む。

「ふむ。アトリエが、まさにこの家のメインですね。西原さんは芸術家だから、アトリエが必要でしょうが、前の住人というのは……？　何か聞いておられますか？」

それに対しては、アカネはハッキリと答えた。

「何年も前に亡くなったそうなので面識はないですけど、ご近所に挨拶《あいさつ》回りをしたとき、少しだけ聞きました。ご年配の、男性の芸術家さんだったそうです。長年、この家でひとりで暮らしてらっしゃったとか。何を制作してたのかは、わからなかったそうですけど」

「芸術家。なるほど。画家か何かですかね。ではその人も、ここをアトリエとして使っていたわけですか」

アカネは頷いて、背後の大きな作業台を指さした。

「あれ、最初からあったんです。たぶん、前の人が使っておられたんだと思います。どんな作品かは知りませんけど、絵の具がついていたから、画家さんかも」

「ふむ……。まあ、それはいいか。このアトリエでは、特に不審なことは起こってないんですよね？」

「ここでは、何も」

「寝ていて妙な気配を感じたのは寝室でしたよね。……ということは、ここか」

涼彦は、見取り図の上で指を滑らせる。

実際のところ、不動産屋もアカネも設計図には無頓着《むとんちゃく》だった理由は、その見取り図を見れば明らかだった。

家のほぼ半分をアトリエが占めているので、残りの部屋といえば、寝室と納戸、そして水回りだけなのだ。

「どうも。こちらはお返しします」

あまり役に立ちそうにない見取り図を、涼彦はアカネに返した。彼女は、受け取った見取り図を、無造作にバインダーの上に置く。

「じゃ、寝室へ？」

「お願いします」

「どうぞ」

アカネは先に立って歩き出す。

彼女の跡を追う前に、涼彦は海里とロイドに小声で問いかけた。

「おい、現時点で、何か気が付いたことはないか？　感じることは？」

海里は小さくかぶりを振る。

「俺は全然。お前は、ロイド？」

『わたしも、現時点では特に何も感じません』

「そうか。何か見つけたり感じたりしたら、それとなく知らせてくれよ」

「わかった」

『かしこまりました。耳をそばだてておきます』

「……どこが耳だか。まあ、頼むわ」

ずいぶんロイドとの付き合いにも慣れたらしく、涼彦はすこぶるクールに受け流すと、さっさとアトリエを出て行く。

「なんか、西原さんってちょっと変わった人だな。やっぱ、アーティストってああなのかな」

『どうでございましょうねえ。わたしを作った眼鏡職人も、ずいぶん偏屈そうでございましたが』

「そう、偏屈。何かそんな気配。ま、とにかく行こうぜ」

『はい』

ロイドが収まったシャツの胸ポケットをごく軽く叩《たた》くと、海里は作業台の上に並ぶ品々を興味津々で眺めながら、二人の跡を追い、薄暗い廊下に出た。

寝室は、アトリエとは対照的な設《しつら》えになっていた。

一つしかない窓は小さく、そこに分厚いカーテンがかかっていて、ほぼ完璧《かんぺき》に光を遮断できるようになっている。

部屋は六畳ほどあり、特に狭いというわけではないのだが、セミダブルの重厚なベッドと壁の一面を完璧に塞《ふさ》ぐ大きな本棚がもたらす圧迫感が、室内にいる者をどこか息苦しくさせるようだ。

ベッドの脇に置かれた小さな鏡台だけが、やけに近代的というか安っぽくて、ちぐはぐな印象が否めない。

涼彦と海里の顔から、そんな印象を感じとったのだろう。アカネはやや気まずそうに「あれは、後から買ったので」と弁解じみた言葉を口にした。

涼彦は、軽く眉《まゆ》を上げる。

「ということは、この部屋の他のものは……」

「全部、前の人が置いていったものです。家具は手作りだとかで」

「家具も自分で？」

「そうみたいです。本棚は造りつけだし、ベッドは大きすぎて出すのが大変だし、不動産屋さんが、嫌じゃなかったら使いますかって」

「嫌じゃなかったんだ……」

またしても思わず呟《つぶや》いた海里に、アカネはむしろ不思議そうな口調で言い返す。

「だって、家を造った人が、家に合わせて造った家具が、いちばん合うはずだから」

「ああ、そりゃそうですよね。ただ、そういうことじゃなくて、ええと……前の人って、ただどっかへ引っ越しただけなんですか？　それとも……」

「このベッドで死んだかってこと？」

「……です。すいません、余計なこと訊《き》きました」

涼彦に物凄《ものすご》い渋面で睨《にら》まれ、海里は身体を小さくする。

だがアカネは、やはり海里の顔を見ず、あっさり答えた。

「不動産屋さんは、前の住人さんはアトリエで倒れて、病院で亡くなったって聞いたそうです。だから、このベッドじゃないです」

「じゃあ、平気……なのかな」

「別にどっちでも」

この上なく投げやりに会話を打ち切り、アカネは涼彦に視線を向けた。

「それで？」

（何だよ、愛想ないなあ、マジで）

海里は微《かす》かな苛立《いらだ》ちを覚えたが、さすがにこうも邪険にされては再び口を開く気にはなれず、ふて腐れた顔で、部屋の片隅に控えておくことにする。

「そうですね。まず、詳細なお話をもう一度お願いします。だいたい就寝は……」

「色々。でもまあ、夜の二時くらいまでには」

「では、妙な気配を感じる時刻は一定しないということですか？」

アカネは少し考えてから頷《うなず》いた。

「決まってはいないけど、寝るのはたいてい遅いから、深夜です。寝てからしばらくして……夢……」

「夢？」

涼彦に訊き返されて、アカネはハッとした顔で口を閉じた。そして、強く首を横に振る。

「なんでもないです。眠ってしばらくしてから、です」

やや不審そうにしながらも、涼彦は咎《とが》めることはせず、メモを取りながら質問を続ける。

「……そうですか。昨日は、気配や声の主に、まったく見当がつかないと仰《おつしや》っていましたが、やはり駄目ですか？」

「……はい」

「まったく？　たとえば、人かもとか、動物かもとか。そういうザックリした見当でもいいんですが」

　アカネの言葉数が少ないこともあり、どうにも聴取ははかどらないが、涼彦は辛抱強く問いかけを続ける。

　アカネはまた少し迷う風だったが、蚊の鳴くような声でポソリと答えた。

「もしかしたら……女の子、かも」

「女の子？　ここに、女の子が？」

「いいえ。いない。わからないです」

　少し慌てた様子で、アカネは自分の言葉を切り口上で否定した。そしてその勢いのまま、片手で室内を指し示した。

「とにかく、家じゅう全部見てもらっていいです。どうぞ」

　促され、涼彦は端整な顔に困惑の色を滲《にじ》ませながらも、ポケットから薄手の綿手袋を取り出し、両手に嵌《は》めた。海里にも、一組差し出す。

「では、寝室を中心に、一応、すべての部屋を見回らせていただきます。あちこち開けさせていただいても、問題ないですか？」

「はい、どうぞ。あんまり、何もないんで」

アカネは重ねて許可したが、アトリエへ戻る素振りは見せない。どうやら、作業を見守る、あるいは監視するつもりらしい。

「じゃあ、手伝え、弟」

「……あ、うん」

これもある意味、家宅捜索ということになるのだろうか……などと思いながら、涼彦に指示されるがままに動いた。

まずはベッドとその周辺、次にクローゼットの中を探り、床、壁面を叩いて、音の可笑《おか》しい箇所がないかどうかを調べる。

しかし、寝室にはこれといって異常を疑う箇所は見つからなかった。勿論《もちろん》、人や獣、あるいは彼女が言う「女の子」はいなかったし、潜めるような場所もどこにもない。

寝室を出て、アトリエは言うまでもなく、納戸、小さな台所、浴室、トイレまで見回ったが、特に変わったところはなさそうだった。

「うーむ。まあ、深夜ってことは、夜行性の動物って可能性もあるか」

結局、最初のアトリエに戻った涼彦は、ずっと無言で作業を見守っていたアカネに訊《たず》ねた。

「屋根裏は？」

「あります」

　そう言うと彼女は、アトリエの天井の一角……ちょうど涼彦の頭上を指さした。確かによくよく見れば、天井板に四角形の細い切れ目が入っているのがわかる。

「不動産屋さんは、前の人の持ち物が残ってるって。でも、入ったことはないです。あれ、使うの怖いし、入れるものもなかったし」

　なるほど、アカネが次に指さした部屋の片隅には、大きな木製の脚立が立てかけてある。天井が高いだけに、屋根裏へ上るのが怖いというのは頷ける話だ。

「じゃあ、自分が上ってみても？　もしかすると、天井裏に何か潜んでいるのかもしれない。……まあ、女の子じゃないとは思いますが」

　徒労の連続で少し苛《いら》ついているのか、涼彦はささやかなイヤミを口にしながら、脚立を運んできた。

「弟、押さえとけ」

「あ、うん。これも前の住人さんが造ったものかな」

「だろうな。腕がいいことを祈るよ」

　そう言うと涼彦は、海里の手を借りて、脚立を広げた。そして、慎重に一段ずつ上っていく。

　少しがたつく脚立を、海里は両手に力を込め、一生懸命保持した。

　屋根裏部屋に何があるかには少し興味があるらしく、涼彦が天井板を持ち上げるのを、アカネも脚立の傍まで来て、見上げている。

「あー……っと、窓がねえな。真っ暗だ」

人ひとりがようやく入れる小さな入り口から屋根裏に頭を突っ込んだ涼彦は、そう言って、ジャケットの内ポケットからペンライトを取り出した。LEDの、見た目よりずっと大きな光量を誇るものだ。

頭だけを突っ込んだ状態で、注意深くライトで屋根裏部屋の四方八方を照らしてから、涼彦は下で見守る二人に言った。

「凄《すご》い埃《ほこり》だ。木箱がいくつか積み上げてありますが、自分が当初疑っていたスズメバチの巣や、動物のねぐららしきものは見当たりませんね。糞《ふん》が落ちていないし、臭いもしない。勿論、誰も潜んではいません」

「……そうですか」

少しは期待していたのだろう。アカネは落胆した様子で目を伏せると、「お茶、淹《い》れてきます」とアトリエを出て行った。

軋《きし》む脚立を注意深く降りてきた涼彦は、頭や肩を埃で真っ白にして、ゲホンと大きく咳《せ》き込んだ。

天井板を持ち上げただけで、埃が盛大に舞い上がってしまったらしい。

脚立を押さえるのに必死で気付かなかったが、よく見れば、海里の身体や無垢《むく》の床板の上にも、綿のような白い埃が落ちていた。

ずいぶん長い間、開閉されずにいたらしい。

「やれやれ。こりゃ、前の住人の頃から閉めきられてた感じだな。そもそも、爺《じい》さんが上がるには、危なすぎる」

まだ小さく咳き込みながら、涼彦は忌々しそうに言った。アカネが姿を消すと、途端に口調がいつもの荒っぽさに戻る。

海里は、埃だらけの涼彦から一歩距離を置き、訊ねた。

「これで家じゅう全部見たけど、何もいなかったな。お手上げ？」

「俺のほうはな」

涼彦は浮かない顔で、頭についた埃を払い落とした。

窓の外が暗くなっているのが、二人の疲労に拍車を掛けた。

「お前らはどうなんだよ？ 何か気付いたり、感じたことは？」

僅《わず》かな期待をこめた涼彦の問いかけに、海里は脚立を畳みながらかぶりを振った。

「俺は、特に何も」

しかしそのとき、涼彦の言いつけを守り、ずっと沈黙を守ってきたロイドが、海里のシャツの胸ポケットの中から小さな声を出した。

『おそれながら』

「ん？　どうした、ロイド？」

アカネが台所へ行っているとはいえ、あまり大声で話して「第三の人物」の存在に気付かれては厄介だ。海里は、囁《ささや》き声で問いかけた。

するとロイドは、少し迷いのある口調でこう言った。

『今一度、寝室にお戻りいただけませんか？　できましたら、あの方抜きで』

「西原さん抜き？　いくらどこ見てもいいって言われたからって、勝手に女の人の寝室はなあ……。ああ、でもわかった、ちょい待ち。いい？　仁木さん」

涼彦は、軽く眉《まゆ》をひそめ、それでも何か結果を得て帰りたいという思いがあるのだろう、「すぐに戻れよ」と許可を出した。

そこで海里は、台所でお茶の支度をしているアカネに、「寝室に忘れ物をしたので、ちょっと取りに入りたい」と声を掛け、了承を得て寝室に戻った。

扉をきっちり閉めてから、彼はロイドに囁きかける。

「何だよ。何かいるのか、ここ」

『灯《あか》りを消していただきたく』

「おう」

海里は点《つ》けたばかりの照明のスイッチを切った。

既に窓にカーテンが引かれているので、室内は驚くほど暗くなる。

「何だよ。……ちょい怖いぞ。しかも、これじゃ、忘れ物を探してるように見えねえし」

『しっ。しばしお静かに』

いつもは軽口ばかり叩《たた》くロイドが、やけに真剣な声で海里を叱責する。

「何だよ。それがご主人様に言うことか？」

そんな憎まれ口を叩きながらも、海里は大人しく口を噤《つぐ》んだ。

目を閉じても開けても、網膜に映るのは漆黒の世界だ。

この部屋の前の住人は、眠るとき、よほど闇に執着していたのだろうか。

別にいけないことをするつもりなど微塵《みじん》もないが、アカネを騙《だま》して寝室に入り込んだことだけでも、十分過ぎるほど後ろめたい。

海里は妙に速く脈打つ心臓の上に手を当て、目をつぶって、唇の動きだけで「頼むから、早くしろ」と言った。

すると、こちらは冷静そのもののロイドが、こう言ってきた。

『海里様は、お感じになりませんか？』

「何をだよ。後ろめたさとドキドキなら、死ぬ程感じてるっつの」

『そうではなく。この部屋には、どなたかの気配を感じます』

「マジで⁉」

海里は思わず声のトーンを跳ね上げ、慌てて片手で自分の口を塞《ふさ》いだ。

「どなたかって、誰だよ？」

『残念ですが、それはわかりかねます。とても微《かす》かな気配です。この部屋でだけ、感じるのです』

「つまり、ここにはやっぱり、ホラーな誰かがいるってことか？　幽霊？　妖怪《ようかい》？」

『それも、何とも判じかねますな』

海里は闇の中で目を見開く。かろうじて、わずかに闇に目が慣れ、家具のシルエットがぼんやり浮かび始める。

「俺は、今んとこ、何も感じられない」

『わたしでも、こうして我が主《あるじ》と二人きり、しかも闇の中で集中し、ようやく感じ取れる程度でございます。人の身では、なかなかに難しいかと』

海里はやや不満げに唇を尖《とが》らせる。

「けど、あの西原さんは感じてるんだろ？」

『それも、深夜、このお部屋で眠りに落ちたときのみと仰せでしたでしょう？　それ以外の場所と時ではおわかりにならないようでした』

「それって、つまり」

『西原様と同じように、このお部屋で夜を明かせば……あるいは深夜、さらに強い気配を感じ取れるやもしれません』

「マジかよ。何かいるのは、確かなんだな？　せめて悪いもんかどうかの判断は？」

『さて、それは何とも』

「そっか……。けど、お前が感じてる気配が、西原さんが感じた奴と同じとは限らないんだよな？」

『それは、確かにそうでございますが、他に気配と呼べるようなものはございませんよ』

海里は、顰《しか》めっ面で頭をバリバリと掻《か》いた。

「とりあえず、気にはなるな。仁木さんに話してみるか」

『はい。よろしくお願い致します』

「よし、そうと決まれば、さっさと戻ろう」

海里は寝室を出て、アトリエへと駆け戻った。

幸い、まだアカネは戻ってきていない。

木製のスツールに腰を下ろし、ジリジリした様子で待っていた涼彦の耳元に顔を寄せ、海里はロイドが感じたという微かな気配について語った。

「おう、どうだった？」

涼彦は、すっと通った高い鼻筋に、面倒臭そうな皺《しわ》を寄せる。

「だったら、深夜まであの部屋にいりゃ、確実にもっとハッキリわかるようになんのか？」

『確実なものなど、この世には存在致しませんよ、仁木様』

「眼鏡が哲学的なこと言ってんじゃねえ。試す価値があんのかって訊《き》いてんだ」

アカネがいないのを幸い、涼彦はイライラを隠そうともせず尖った声を出す。だがロイドは、むしろ淡々と応じた。

『それは勿論《もちろん》。何かがいることは確かでございますから、正体を突き止めることに意義はあると存じます』

「なるほどな。……ってことは」

「今夜、このままここにいる？　どうせ店を休みにしちゃったから、俺たちはいいぜ」

「いや、それは」

海里の提案に涼彦が何か言おうとしたとき、大きなトレイを持ったアカネが戻ってきた。体を捩《よじ》り、肩で半開きの扉を大きく開けようとしているのに気付き、海里が慌てて飛んでいき、トレイを受け取る。

「すみません。ひとりだから……カップ、なくて」

アカネは、少し恥ずかしそうに俯《うつむ》いて、そう言った。

なるほど、トレイに載ったカップは三つあるが、一つは素朴な手びねりらしきマグカップだ。それはきっと、アカネのものだろう。

他の二つは、いかにも贈答品らしき有名メーカーのティーカップで、緑の金彩がキラキラしている。おそらく、貰《もら》い物の新品を探して、二人のためにわざわざおろしてくれたのだろう。

涼彦は少し躊躇《ためら》ったが、礼を言ってカップを取った。

勤務中に勧められた飲食物は、本来は断るべきなのだろう。だが、話をスムーズに進めるにはアカネの気持ちを傷つけないほうがいいと判断し、厚意を受けることにしたらしい。

海里も、空いた椅子の上にトレイを置き、自分の分のカップを手にした。

「紅茶も、うっかり切らしてて」

「へ？　あ、ほうじ茶だ」

一口飲んで、海里は目を丸くした。どうやらアカネは、日本茶党であるらしい。

「先月越してこられたばかりですしね。お気遣い、ありがとうございます。ところで、ご相談ですが」

「はい？」

涼彦はチラと海里を見てから、こう切り出した。

今のところ、家の中に怪しいものは存在していないようだが、一方で、気配や声の原因になりそうなものも見つからない。

この際なので、相談を受けた以上は、きちんと調べておきたい。

よって、アカネが気配を感じるという深夜、寝室に滞在し、朝まで様子を見たいと。

さすがに驚いた様子のアカネに、涼彦は少し慌てて言葉を足した。

「ああ、勿論、今夜じゃありません。さすがに、独身女性のお宅に、男二人で滞在するわけにはいきませんので。よろしければ明日《あした》にでも、女性を伴ってもう一度伺います。お仕事等のお邪魔にならなければ、ですが」

「ああ……それなら。お願いします。とにかく……今、この家にはあそこしか寝る場所がないし、気配で起こされると、ゆ……いえ、仕事に差し障るので。何とかしてほしいんです」

アカネはホッとした様子でそう言った。

どうも、「仕事に差し障る」と言うときだけ、声に妙な熱がこもっている。

結局、翌日の午後十一時頃に再訪問することを約束して、涼彦と海里は西原邸を辞することになった。

「じゃあ、明日の夜」

「はい、では、今日のところは失礼します。長々とお邪魔しました」

どこまでも礼儀正しく、しかし辟易《へきえき》した心を隠しきれない顔つきで挨拶《あいさつ》すると、涼彦は表に停めてあった自動車のほうへ足早に歩いていく。

自分も一礼して去ろうとしていた海里は、ふと思い直し、ずっと心に引っかかっていた疑問を、思いきってアカネにぶつけてみた。

「あの、今夜は大丈夫っすか？」

「はい？」

やはり海里の顔は見ず、俯いてアカネは問い返す。

(なんでこの人、俺の顔は見ないんだろうな。仁木さんの顔は平気で見るくせに)

不思議に思ったが、そこはおくことにして、彼は、さっきの問いを補完する。

「だから、明日は俺たちが一緒に夜明かししますけど、今夜はひとりでしょ。怖くないかなって」

「ああ……大丈夫なんで。どうも」

予想どおり、木で鼻を括ったような返事だったが、海里はそれでももう一つ、問いを重ねずにはいられなかった。

「何つか……失礼ですいません。だけど、西原さん、凄《すご》く怖がってるようには見えないんですけど」

「はい？」

海里の突然の指摘に、アカネは顔を上げた。一瞬だけ海里を見た彼女の目には、僅《わず》かな惑いの色があるように思われる。

海里は、困り顔で「だから」と言葉を継いだ。

「警察に相談したって聞いたから、さぞかし怯《おび》えてるんだろうって思ってたんです。だけど、何だか全然そういう感じじゃないから、ちょっと不思議になって」

「おい！」

車の傍から涼彦の呼ぶ声が聞こえたが、アカネはそれには構わず、無表情に答えた。

「別に、怯えてはいないです。何かされたわけじゃないし」

「じゃあ、どうしてわざわざ警察に相談を？　医者にもかかったんでしょう？　怖かったり、気持ち悪かったりするんじゃないんですか？」

アカネは、それを聞いて、酷《ひど》く居心地の悪そうな面持ちになった。何か言いかけて幾度かやめ、そしてどこかぶっきらぼうにこう答えた。

「そういうんじゃなくて、困るから、相談したんです」

「困る？　ああ、仕事に支障が出てるって、さっき言ってましたもんね。でもそれって、やっぱり怖いからじゃ。あと寝不足とか」

「違う。そうじゃなくて、目が覚めちゃうと、そこで夢が」

「へ？　夢？」

「あ……！」

ハッとした様子で口を噤《つぐ》んだアカネは、やはり一瞬だけ海里の顔を見ると、すぐに軽く頭を下げた。

「とにかく明日。仕事があるんで」

そう言うなり、家の中に入り、玄関の扉をバタンと閉じてしまう。扉の向こうで、施錠する音が即座に聞こえた。

「……なんか、さっきも『夢』って口走って、何でもないって言ってたな、あの人。何だろ」

『気配のせいで、悪い夢でもご覧になり、寝不足におなりなのでは？』

「そういうことなのかな。ま、いいか。明日になりゃ、ハッキリするかもだしな。それにしても、俺、あの人に嫌われてるっぽくない？」

『確かに、海里様のお顔をご覧になりませんなあ、あのご婦人は』

ロイドも、不思議そうな口ぶりで、海里の疑念を肯定する。

「何だかな。変わった家に、変わった人に、変わった謎だ」

海里は首を捻《ひね》りながら、車に乗り込む。

外灯が疎《まば》らで、それぞれの家の敷地が広いせいで、すっかり日が暮れた町並みは、驚くほど暗かった。

道を歩いている人も、誰もいない。

空き家が多いのか、灯《あか》りがまったく点《つ》いていない家も、ちらほら見受けられる。

「さて、戻るか」

そう言って、涼彦はアクセルを踏み込んだ。

車の走行音が、やけに大きく響き渡る気がした。それほどに、周囲が静かなのである。

芦有ドライブウェイに戻ったところで、涼彦はふと思いついたように口を開いた。

「お前、こっちに来たことがないんなら、ここからの夜景も見たことがねえのか。ついでだし、ちょいと寄り道して見ていくか？」

そして、海里の返事を待たずに、帰り道とは反対方向、つまりさらに山に登るほうへハンドルを切った。

五分あまりのドライブで、進行方向の右手に展望台が見えてくる。広い駐車場に、涼彦は慣れた様子で車を停めた。

「寒ッ」

外に出るなり、海里は震え上がった。

アカネの家のあたりもずいぶん夜になって冷え込んできていたが、展望台の寒さはそれどころではなかった。

「冬かよ」

悪態をつく海里に続いて、車からは人間の姿になったロイドが降りてくる。

「ほほう、このあたりには、まだ春が来ていないようですなあ」

「寒いからこそ空気が澄んで、夜景が綺麗《きれい》なんだよ。ほら、見てみろ」

涼彦は、目の前に広がる景色を、少し自慢げに指さす。手すりがあるところまで行き、並んで立った海里とロイドは、感嘆の声を上げ、目と口を大きく開いた。

六甲山系から望む景色は、よく「百万ドルの夜景」と表現される。

だが、目の前の光景の価値は、百万ドルどころではないと海里は思った。

さっき後にしてきた奥池の向こうに広がるのは、まさに光の海だ。

無数の金色や銀色の光の粒が、隙間なく敷き詰められている。その合間に、赤や緑の光がちりばめられていて、まるでファンタジー映画によく出てくる、海賊の宝箱を引っ繰り返したようだった。

「どうだ、ちょっとしたもんだろ」

遅れてやってきた涼彦は、やけに自慢げにそう言うと、自動販売機で買ってきた缶コーヒーを海里とロイドに差し出した。

「サンキュ。うおー、あったけえ」

受け取った缶で手を温めながら、海里は暗がりで瞳《ひとみ》をキラキラさせる。

「すっげえな、夜景。あそこの、ぐるっとカーブを描いて暗くなってるとこは、大阪湾だろ？　ってことは、そっから飛び出してる光は……もしかして、関空《かんくう》？」

　海里が指さすほうを見て、涼彦は頷《うなず》いた。

「そうだ。上空を旅客機が旋回してるのが見える」

「はあ、あれが飛行機の灯りでございますか。一度、乗ってみたいものでございますねえ。あんなに高いところへ、人は行けるのですなあ」

　ロイドは点滅する飛行機の光を、どこか羨《うらや》ましげに眺める。涼彦は首を傾げた。

「あれ？　お前、イギリス産だろ？　日本に来るときは……」

「百年以上前のことですからね。長い長い船旅でございました」

「ああ、そりゃそうだな。な、見に来てよかったろ、夜景」

　今度はあからさまに得意げな涼彦に、海里は苦笑いで頷いた。

「確かに綺麗だけど、どっち向いても、カップルだらけじゃん。何が嬉《うれ》しくて、野郎三人で夜景見てんだよ。あっ、仁木さんが兄貴と見たいってのは言わなくてもいいから」

「言わせろ」

「嫌だ。つか、兄貴は奈津《なつ》さんと来たんじゃね？」

　すると涼彦は、やけに余裕たっぷりの笑みを見せた。

「あの朴念仁の頭に、そんな気の利いたデートコースが入っているものか。今度、教えて……ああいや、奈津さんには、明日《あした》にでも見せてやりゃいいか」

後半は独り言のような涼彦の呟《つぶや》きに、海里はギョッとした。

「ちょ、何て？　明日？　奈津さん？」

「おう」

「まさか……さっき言ってた、明日、『女性を伴って』もういっぺん西原さんちに行くって話、奈津さんを想定してんの？」

驚く海里に、涼彦はいささか決まり悪そうに、ジャケットのポケットからスマートフォンを取り出し、電源を入れて、液晶画面を示した。

「さっき、お前が西原さんと玄関で立ち話をしてる間に、メールで打診してみた。構わないそうだ」

確かに、画面に表示されたメールは奈津からで、「明日の夜なら大丈夫！」と、いかにも彼女らしい、潔い一文が打ち込まれている。

「え……ええええ!?　いやまあ、土曜だから仕事もいつもよりは自由が利くんだろうけど、マジで？」

「ああ。まあ、あとで一憲の家に行って、あいつにもきちんと話を通すがな」

「う、うん、そりゃそうしたほうがいいと思うけど。マジか。奈津さんかあ。俺はまた、生活安全課の女性刑事さんを連れていくのかと思ってた」

涼彦は、少し伸び気味の髪が夜風に煽《あお》られるのを片手で押さえながら、コーヒーを一口飲んで言葉を返した。

「同僚を連れていって、万が一、お前言うところの『ホラー案件』であってみろ。どう処理していいかわからなくなるだろ？」

「ああ……それは確かに」

「それに、俺としちゃ奈津さんのほうが頼りになる。あの人は獣医だから、洞察力に長《た》けてて、肝っ玉も太い。明日、何が出てくるかは知らんが、驚きこそすれ、怯《おび》えはせんだろう」

夜景を眺めながら淡々と語る涼彦のスッキリした横顔を、海里はむしろ不思議そうに見た。

「仁木さんさあ……」

「何だ？」

自分を見る涼彦の口元に淡い笑みが浮かんでいるのを見て、海里はますます混乱した様子で躊躇《ためら》いながら問いかける。

「訊《き》いていいのかどうかわかんないけど、仁木さんは、兄貴のことがずっと好きなのに、兄貴の奥さんになった奈津さんのこと、嫌じゃないの？」

「は？　なんで？」

心底理解できない様子で、涼彦は目を見張る。海里は、「いや、だってさあ」と眉《まゆ》を八の字にした。

「言ってみれば、恋敵なわけだし、奈津さんが勝ったってことじゃん？　それなのに、仁木さん、奈津さんと仲良しみたいだし、すげえ評価高いよね」

「そう言われてみれば、いささか不思議でございますねえ」

ロイドも、海里に同意する。だが涼彦は、小さく肩を竦《すく》めてあっさり言い放った。

「勝ちも負けもない。俺と奈津さんは、そもそも勝負なんかしてねえぞ」

「へ？」

「俺は、一憲に気持ちを伝えることはしなかったし、これからもするつもりはない。あいつは不器用だから、俺の想いを知れば、これまでどおりの友人関係を保つことは難しいだろ。それより、俺は生涯、あいつの親友でいるほうを選んだんだ。奈津さんとは、立ち位置が全然違う」

「そ、そういうもん？」

「俺は、そう思ってる。それに、奈津さんは洞察力に長けてると言ったろ。俺が一憲に片想いしていたことなんか、とっくに気付いてる」

「マジで⁉」

今度こそ、驚きのあまり、海里は大声を出してしまった。周囲で夜景を楽しんでいたカップルたちが、いっせいに海里たちのほうを見る。

「あっ、す、スイマセン何でもないです！」

海里は左右にぺこぺこと慌ただしく頭を下げてから、涼彦に顔を寄せた。

「それ、ホントに？」

涼彦はこともなげに頷いた。

「ああ。確かめたことはねえけど、多分な。彼女は妻として、俺は友人として一憲を好きで、あいつを支えたいと思ってる。まあ、一憲を真ん中に挟んだ戦友ってとこか」

「うわあ。そんなビミョーな人間関係、テレビドラマの中だけの話かと思ってた」

「現実だ。別に、同じ男を好きな男女の間に友情が発生しても、不思議はねえよ」

驚きが幾分薄れ、今度は違う感情がこみ上げてきたらしい。海里は呆《あき》れ顔で首を左右にコキコキと倒した。

「なんか謎ではあるけど、かっこいいな、確かに。かっこいいけど、やっぱ不思議」

「当事者にとっちゃ、別に不思議でも何でもねえ。まあ、お前が不思議がるのは勝手だが、キワモノ扱いはすんなよ。でないと……」

「でないと？　殴る？」

「一憲の弟に、手なんか上げられっかよ。フィンガーチョコレートを銀紙ごと噛《か》ませるくらいが関の山だ」

「ギャーッ！　それ、殴るより酷《ひど》い。今、想像しただけで鳥肌立った！」

予想だにしない涼彦の言葉に、海里は悲鳴を上げて、寒さのせいではない悪寒に身を震わせる。傍らで、ロイドは小首を傾げた。

「銀紙ごとチョコレートを召し上がると、何か起こりますので？」

「眼鏡には何も起こらないかもしれないけど、人間は歯がキーンってなるんだよ！　もう、痛いとか気持ち悪いとかは超越した何かが……神経をつまんで引っ張られるみたいな感じでさ」

「ははあ、それはなかなか難儀そうな……」

まだ身震いしている海里の頭をポンと叩《たた》き、涼彦はちょっと人の悪い笑みを浮かべた。

「ま、一憲の弟がそんな奴じゃないってことはわかってる。安心しろ。……というか、さすがに冷えてきたな。山を下りて、晩飯でも食うか。今日付き合ってくれた礼と、明日もつきあってもらう礼の前払いに奢《おご》ってやる」

「やった！　じゃあ帰りは、優しい運転してくれよな。車酔いしたら、食えねえから。っていうか、どこ連れてってくれんの？」

「わ、わたしもご一緒してよろしいのでしょうか？」

たちまち小犬のような顔でワクワクする二人を見て、「ガキかよ」と笑いながら、涼彦はちょっと困った顔をした。

「勿論《もちろん》、ロイドにも世話になったからな。まとめて食わせてやるけど……国道二号線《ニコク》沿いのロイホでいいか？　俺は食い道楽じゃねえから、お勧めの店の持ち合わせがないんだよ」

　意外な言葉に、海里は目を見張った。

　刑事の激務のせいでいささかくたびれてはいるが、無精髭《ぶしょうひげ》を剃《そ》り、髪をきちんと整えさえすれば、涼彦は名前に偽りない涼しげな美形だし、スタイルもいい。

　本人に興味がないので現実味はないが、万が一その気になれば、女性にはかなりもてるだろう。

　ファッションセンスも、刑事にしては破格にいい。

　そんな涼彦が、他人を食事に招待する店にファミリーレストラン以外思いつけないという意外な事実に、海里はストレートに驚いていた。

「そうなの？　じゃあ、いつもはどこで飯とか調達してんのさ。自炊？」

「は、しねえ。そうだな。馴染《なじ》みの店は、コンビニと、最近じゃお前んとこくらいだ」

「うわ、寂しい食生活。何か簡単なもんでいいから、自分で作りなよ」

「簡単なもんって何だよ。今度教えろ」

「いいよ。夜勤明けにでも、寄りなよ。いくつか、鍋《なべ》ひとつメニューを教えるからさ」

「ありがてえな。確かに、コンビニ飯は飽きるし、身体にもよくなさそうだ。こないだ一憲に、学生時代より老けたって言われちまったしな」

ごく短い無精髭が疎《まば》らに生えた顎《あご》をさすり、涼彦は渋い顔をする。

今度こそ、海里は正面を切って呆れ返った声を出した。

「あのさ、二十年ぶりに再会したんだから、そりゃ老けてんだろ！　兄貴もあんたも！」

すると、涼彦のほうも、いかにも心外だと言いたげに声のトーンを上げる。ロイドがオロオロと二人の顔を交互に見るのにもお構いなしだ。

「はあ？　実の弟のくせに、お前の目は節穴か。一憲は高校時代とちっとも変わってねえよ」

「あああ」

またしても、涼彦の一憲自慢が始まったかと、海里は頭を抱える。だが、涼彦の話の続きを聞いて、彼は盛大に噴き出した。

実に真剣な面持ちで、涼彦はこう言い放ったのである。

「あいつは、高校時代から今とほとんど同じ老け顔だったんだ」

「ぶはッ」

「本当だぞ」

笑い出した海里に、涼彦は大真面目に力説する。海里は、まだ笑いを引っ込められないまま、「知ってるよ」と言った。

「いくら仲が悪くて、ろくすっぽ喋《しゃべ》らない時代だったっていっても、兄貴の顔くらいは見てたって」

「それもそうか。老けてたろ？」

「確かに、物心ついた頃から兄貴はずっとオッサンみたいだったし、今は立派なオッサンだ」

「違いない。けど、やっぱいい男だ」

「どうだか。仁木さんこそ、節穴アイなんじゃねえの」

そんな会話をしつつ、涼彦と海里は肩を並べて車へと戻っていく。

「海里様の兄上様は、お幸せな方だ。良き妻、良き友、そして良き弟君に恵まれておいでとは」

微笑ましげにそう呟《つぶや》いたロイドは、ちょっと考えてから「さらにその弟君には、良き眼鏡までついているとは！」と自画自賛の一言を付け加え、笑みを深くして、二人の背中を追った……。

三章　戻ってきた過去

翌日の昼過ぎ、起床した海里は、茶の間、すなわち夏神の居室の襖《ふすま》をノックしてみた。

うーい、という何とも気怠《けだる》げないらえを聞いて少しだけホッとしつつ、襖を開ける。

幸い、夏神は起きていて、とうに布団を畳んでいた。

今は寝間着代わりのジャージのままで、塗り壁にもたれ、両足を畳の上に投げ出して座っている。特に何をしているというわけでもなさそうだ。

いつもはバンダナでまとめているざんばら髪も、まだボサボサの下ろしっぱなしだった。

海里の顔を見ると、夏神はちょっと決まり悪そうな左右非対称の笑みを浮かべ、片手を軽く上げた。

「よう、おはようさん」

「おはよ。起きててよかった。やけに喉《のど》が渇いちゃってさ。飲み物取りに来たんだ」

「お前、昨日、どっか行っとったんか？　夜に帰ってきたやろ」

海里は何げない風であっけらかんと報告した。

「昨夜は仁木さんと、外で晩飯食ってきた」

「へえ。そら珍しい。ご馳走《ちそう》になったんか？」

「うん。ロイドと二人で、ロイホでハンバーグ食わせてもらった。カニクリームコロッケがついてて、お得感倍増って奴。デザートに、ホットファッジサンデーまで食った。奢り飯って、なんであんなに旨《うま》いんだろね」

あまりマジマジと見られては、夏神が余計に気まずいだろう。

軽い口調でくだらないことを喋《しゃべ》りながら、海里はさりげなく夏神から視線を外し、茶の間の片隅にある小さな台所へ向かった。

下の厨房《ちゅうぼう》のものに比べればずっと小さな家庭用冷蔵庫を開け、中からコカ・コーラゼロのペットボトルを取り出す。

「そらまた豪勢やな。次に会うたとき、ようお礼を言わんならん。なんや、昨日は仁木さんと約束があったんか」

「や、約束はないよ。突発。店が休みならちょうどいいって、警察の仕事の手伝いを頼まれたんだ」

「へえ？　お前とロイドが、警察の仕事を？」

「それがさあ……ってか、夏神さんも何か飲むだろ？　それか飯は？　腹減ってね？」

矢継ぎ早に問われ、夏神は両手で腫《は》れぼったい顔を擦《こす》りながら答える。

「そう言うたら、昨日から何も食うてへんな。酒だけや」

「だと思ったよ。顔色、悪いし。何か食わなきゃ」

海里はそう言ったが、夏神は力なくかぶりを振った。

「いや、飯はまだええわ。軽う二日酔い気味や。胸がムカムカしよる」

なるほど、夏神の酷《ひど》い顔の原因はやはりヤケ酒か、と海里は苦笑いした。

「あーあー。じゃあ、せめて何か飲みなよ。脱水するといけないからさ。何にする？」

夏神は少し考えてから、こう言った。

「はあ……味噌汁《みそしる》、かな」

「いきなり味噌汁かよ！　まあ、そりゃ飲み物の一種ではあるけど。インスタントでいい？　たぶんあったと思うから」

「おう。悪いな」

「お安い御用って奴」

海里はコーラをごくごくと三分の一ほど一気に飲み、こみ上げる炭酸ガスをゲップにならないよう実に器用に吐き出しながら、薬缶《やかん》に水をほんの少し入れて火にかけ、シンク下の扉を開けた。

比較的大きな空間には、簡単な調理がここでもできるよう、鍋《なべ》やフライパン、それに調味料や乾物の類《たぐい》が、並べた段ボール箱に無造作に放り込んである。

箱の一つを探ると、以前、コンビニエンスストアで買って備蓄しておいた、小腹塞《ふさ》ぎ用のインスタント食品やフリーズドライ食品があれこれ出てきた。

にゅうめん、卵スープ、春雨ヌードル、焼きそば、そして何種類かの味噌汁。

個包装の味噌汁をあれこれ見比べていた海里は、何となく目に付いた一つを選び、封を開けると、中身を椀《わん》ではなくマグカップに放り込んだ。

そして、沸いた湯を七分目くらいまで注ぐ。

すぐに、湯の中で具材が水分を吸い込んでみるみる膨らみ、赤だしのいい香りが立ち上った。

「ほい、どうぞ」

箸《はし》ではなくスプーンを突っ込んだマグカップを差し出すと、夏神は座ったまま、「ありがとうな」と受け取った。

「それ、フリーズドライなのに、あさりが殻付きで入ってんのな。ビックリした」

他愛ない話をしながら、海里もコーラ片手に夏神の横に腰を下ろした。

ほどほどに日が差して、室内は心地よく暖かい。畳もじんわり暖まっていた。

「ホンマや。最近のフリーズドライは凄《すご》いな。……ああ、旨い。身体じゅうに染み渡るわ」

熱い味噌汁を吹き冷まして啜《すす》り、夏神は目を閉じて唸《うな》った。まるで大きな熊のような唸り声に、海里は小さく笑う。

「どんだけだよ。つか、二日酔いにはマジで味噌汁が効くんだな」

「おう。味噌に、二日酔いに効く成分があるんやて。具は、貝やらナメコやらがええらしいで」

「へえ。偶然だけど、アサリで正解だったのか。覚えとこ」

明るい光に目を細めつつ、海里はさりげなく夏神の顔を観察した。

昨夜、帰宅してからも、海里は敢えて夏神の部屋を訪ねなかった。いつもなら就寝前の挨拶《あいさつ》は必ずするのだが、それもやめておいた。

昼間、あまりにも夏神が落胆していたので、ひとりになったら泣くのではないかと思ったのだ。そして、そんな顔を、弟子には見られたくないだろう、とも。

夏神のいつもどおりとは言い難い酷い顔を見るだに、昨夜は延々とひとりでヤケ酒を煽《あお》り、海里の予測どおり、少しくらいは泣いたのだろう。

だが今、味噌汁を旨そうに飲む夏神の横顔は、憔悴《しょうすい》していても穏やかだった。

とはいえ、どう言葉を掛けたものか……と思いあぐねる海里に、夏神のほうから問いかけてきた。

「そういうたら、ロイドは？　こないして飲み食いしとったら、飛んでくるはずやのに」

海里は、夏神から話をしたいという意思表示をしてくれたことにホッとして、いつもの軽い調子で言葉を返した。

「夜まで寝て、体調万全にするんだってさ。付喪神《つくもがみ》にも、体調なんてあるんだな」

「はあ？　何でまた」

そこで海里は、昨日のことをかいつまんで、夏神に語った。

興味深そうにじっと聞いていた夏神は、少し心配そうにこう言った。

「そんなことがあったんか。ほな、今晩は泊まりで行くねんな？　奈津さんまで駆り出すとは、えらい大ごとやないか」

「うん。仁木さん曰《いわ》く、そんだけ徹底してやって何も出なければ、本人も諦《あきら》めがつくんじゃないかって。だけど、そういうもんじゃないと俺は思うんだよね」

「っちゅうと？」

「何かあの木版画家さん、俺たちに言ってないことがあるような気がするんだ」

「おっ。探偵みたいなこと言いだしよった」

そう言って混ぜっ返す夏神に、「からかってんなよ！」といつものように食ってかかりつつも、海里は内心、ホッとしていた。そのくらいの余裕が戻っていれば、もう大丈夫だと確信したからだ。

「だってさ。何度か『夢』って言いかけては、何でもないってごまかしてたし、仕事に支障が出るって言ったとき、やたら実感がこもってたんだよね。夢と仕事……仕事ったら、木版画だろ。夢と木版画と謎の気配にどういう繋《つな》がりがあんのか、さっぱりわかんねえけど。でも、何かがある気がするんだ」

海里が真面目な顔でそう言うと、夏神も真顔に戻った。味噌汁のおかげか、さっきよりずっとシャッキリした顔で、口元に片手を当ててしばらく考え込む。

「ふーむ。俺にもようわからん話やけど、お前は勘がええから、お前がそう思うんやったら、そうかもしれんな」

親指の腹で無精ひげを撫《な》でながらそんなことを言う夏神に、海里はクスッと笑う。

「何だよ、それ。親バカみたいだぞ」

「まあ、師匠バカもちょっとはあるやろけど、おおむねホンマのことやって。昨日かて、心配してくれとったやろに、構わんと放っといてくれて、ありがとうな」

「ん……。俺、夏神さんの気持ちは理解しきれないけど、なーんとなく、そのほうがいいんじゃないかと思ってさ。もし喋りたくなったら、夏神さんのほうから来てくれるだろって思ってた」

「せやから、勘がええっちゅうねん。まさしくそうやった。……せやけど、勝手なもんでな。夜中、壁の向こうから小さい物音がして、お前とロイドがおるんやなって思うたら、何でかホッとしたわ」

「気持ちが落ちてるときって、ひとりでいたいくせに、ガチのひとりぼっちは寂しいんだよな。それは何となくわかる。けど、夏神さんがちょっと元気になっててよかった。まだ凹《へこ》んでたら、どうやって慰めようかなって思ってた」

コーラを飲み、欠伸《あくび》をする狐のような顔でまた炭酸ガスを逃がしてから、海里はさらりとそう言った。

感心した様子でその器用な仕草を見ながら、夏神も恥ずかしそうに応じる。

「すまん。予想以上に受け取り拒否がこたえてしもてな。俺はやっぱし、自分に甘いんや。あないに一生懸命書いたんやから、きっと読んでくれる……そんな思い上がりが、心のどこかにあったんやろ」

「思い上がりってか、期待だろ。期待は、誰だってするよ」

「お前は優しいやっちゃなー」

大きな肉厚の手で海里の頭をクシャッと撫でてから、夏神は溜《た》め息をついた。

「受け取り拒否の紙を見た瞬間、門前払いされたショックで、頭が真っ白になった。そっからはもう、ぐちゃぐちゃや。手紙もあかんかったら、会《お》うてもらうなんて夢のまた夢……っちゅうか、ほとんど不可能やろう。もうあかん、何をしても、ご両親の誤解を解く日は来《こ》おへんのやて、泣けてきてなあ」

「……うん」

シンプルな言葉で何げなく語る夏神だが、その声には底知れない苦しみや悲しみが滲《にじ》んでいる。

最低限の相づちだけ打って耳を傾ける海里に、夏神も、杉板の天井を見上げて話し続けた。

「せやけど、眠れんと、膝《ひざ》抱えたまんまで迎えた明け方に、ふと思うた。わざわざ受け取り拒否で返してくれはったんは、まだあかん、まだそのときやない、っちゅう意味なんかなって」

(昨日の仁木さんも、似たようなこと言ってた)

ハッとして、海里は夏神を見る。

夏神も、海里を見返してふっと目を細めた。

「また都合のええ解釈かもしれんけど、長年ほったらかした挙げ句、手紙一通、突然送りつけてきて、それでもの言おうなんて厚かましいん違《ちゃ》うか。そう言われとる気がした。確かに俺は心を込めて手紙を書いたけど、それは俺の勝手や。思えば俺は……彼女が死んでから、ご両親に拒まれたことを言い訳にして、ご両親からずっと逃げとった。その年月を何やと思うてるねん、どうやって埋めるつもりやねん。まずはそこからや。……封筒に貼られた受け取り拒否の紙が、そう問いかけてきとる気がした」

「じゃあ、諦めないんだ？」

探るように問いかけた海里に、夏神は深く頷《うなず》いた。

「長いこと、こんがらかったまま放っといたもんは、長いことかけて、ゆっくりじっくり解《ほど》かなあかん。いつか受け取ってくれはるまで、俺は何度でも、会うてくれるよう、お願いの手紙を送り続けようと思う。俺が今、何をして、何を考えて生きとるか、その時々の正直な気持ちを書き続けようと思うんや。たとえ読んでもらわれへんかっても、書き続けること、送り続けることで、何ぞ伝わってくれたらええと思う」

「何度突き返されても？　この先何年も、ずっと会ってもらえなくても？」

そんな意地悪な問いかけにも、夏神の答えはぶれなかった。

「それでもや」

ハッキリそう言うと、夏神は自分の足に視線を向けた。

左足の、薬指と小指。

彼は、雪山で遭難したとき、その二本の指を凍傷で失った。

ちょっと見にはわからないが、今、なくした指の代わりに存在しているのは、シリコン製の精巧に作られたキャップである。

なくなった指を懐かしむような口調で、夏神は突然、思いもよらない話をし始めた。

「俺なあ、死んだ師匠んとこで修業してたとき、短い間やったけど、つきあっとった人がおったんや」

「ええっ？」

ちょっと驚いた海里は、小首を傾げて記憶を辿《たど》り、ぽんと手を打った。

「ああ、そういや出会ってすぐの頃、聞いたような気がする。夏神さん、店を出すちょっと前まで、彼女がいたって言ってたもんな。この店を開く少し前に別れたんだっけ。そういや聞いたことなかった。どんな人？」

「七つ年上の……」

「マジかよ！」

海里のあまりの食いつきのよさに、夏神は苦笑いで「アホ」と言った。

「最後まで聞けや。七つ年上の、北新地《シンチ》でホステスやってる人やった。『へんこ亭』の近所に実家があって、子供の頃から、よう家族で食事に来てたんやて。で、彼女自身は、一度は結婚して京都へ越したんやけど、離婚して、両親が亡くなってから誰も住んでへんかった実家に住むようになったんや」

「バツイチの年上女性か〜。渋いな。北新地のホステスなら、きっと綺麗《きれい》な人だったんだろ？」

芸能人時代は色々な場所に行っていた海里だが、さすがに、ホステスのいるような店に行った経験はない。

興味津々で問いかける海里に、夏神も今度はホロリと笑って頷く。

「そらもう。店での名前はエリさんっていうんやけど、仕事に行く前、ディナーが始まってすぐの頃に、ようちに飯を食いに来てはった。髪の毛を綺麗に盛ってセットして、色っぽいドレスに毛皮のコートを羽織って、ハイヒールをカツカツいわしながら入ってくるとことか、ただ歩いとるだけで、スポットライトが当たっとるみたいやったなあ。華のある人やった」

「自分の元カノをそこまで褒めちゃうか〜。のろけるねえ、夏神さん」

「違う。ただの事実や」

やけにきっぱり断言してやや胸を張り、夏神は話を続けた。

「普段は元気で陽気な人やったけど、二日酔いのときは、ランチが終わり頃に死にそうな声で電話がかかってきとった。昔からのお得意さんやからって、マスターが特別にトマト味の雑炊を作って、俺に出前をさしたもんや」

「あっ、読めたぞ！」

海里はパチリと指を鳴らし、その人差し指で夏神を指さした。

「アレだろ、二日酔いのお姉さんを介抱してるうちに恋仲に！　何だよ、昼ドラみたいだな！　ひゅーひゅー！」

冷やかされて、夏神は酷《ひど》く決まり悪そうな顔をして、目元を赤らめた。

「そない言うたら、えらいことやらしい話みたいやないか」

「違うの？」

「や、そう言うたらそうやけど……。出前に行って、ヘロヘロで受け取りに出てきた人に、あっつい雑炊の入った瀬戸物の鉢なんか、心配で渡されへんやろ。転んだら大火傷《おおやけど》するやないか」

「あ、なるほどね」

「せやから俺が茶の間まで運んで、お茶淹《い》れたって、飯食うてる間は様子を見ることにしとったんや。ほしたら……何度目かに行ったとき、エリさんは小さいダイニングテーブルで雑炊食いながら、斜め向かいに座らした俺の顔をじーっと見て、『しんどそうやね』って言いはった」

ワクワク顔で夏神の話を聞いていた海里は、真顔に戻って問いかけた。

「それ、その……もしかして、遭難事故のこと、知ってたって意味？」

夏神は、瞬《まばた》きで頷く。

「ホステスいうたら、どんな客の話し相手でもできるように、世の中の色んなことをよう知っとるからな。それまでは何も言わんかったけど、俺のこともテレビで見て知っとったんやろ。さすがプロ、聞き上手でな。山で何があったか、俺が初めて全部打ち明けた相手は、エリさんやった。気怠《けだる》そうなスッピンでテーブルに頬杖《ほおづえ》ついて、メンソールのほっそい煙草をスパスパ吸いながら、俺の顔をじーっと見て、聞いとってくれた」

「その人に……何か言われたの？」

夏神は緩くかぶりを振る。

「いんや。俺が話し終わっても、エリさんは何も言わんかった。ただ、身を屈《かが》めて、テーブルの下に頭突っ込んで……いきなり、俺の左の足首を摑《つか》みはったんや」

「えっ？　足首？　何かすっげーとこからアプローチしてくんな。そういうヤバいフェチ的な？」

「アホか、そんなん違うわ」

海里の早合点を呆《あき》れ顔で否定し、夏神は、自分の足を指さした。

「その頃から、俺は仕事んときも、たいてい裸足《はだし》にサンダル履きやったんや。靴下履くと、指のないとこが神経過敏気味で、靴下に当たっただけで痛《いと》うてな。せやから、そんときも裸足やった。ほしたらエリさんは、俺の左足からシリコンキャップをひょいっと外しはった。ビックリしてなあ。俺、足の指をなくしたことなんか一言も言うてへんかったのに、そんなことまで気付いてしまうんやな、一流の水商売の人っちゅうんは」

「すっげえ観察眼。やっぱ、プロってそういうことなんだな」

感心しきりの海里の目の前で、夏神は左足の指からシリコンキャップを外した。

失った薬指と小指の、今はすっかり再生した皮膚に覆われた断端が露《あら》わになる。

それを見つめながら、夏神は言葉を継いだ。

「恥ずかしい話やけど、俺、その頃は、のうなった指をろくによう見んかってな。今より傷痕《きずあと》が生々しかったし、時々、ないはずの指があるみたいな感覚に襲われようから、余計にないことを確認しとうなかったっちゅうか……」

海里は、真面目な顔で小さく頷く。

「俺、指をなくした経験はないけど、何となくわかる気がする。だけどそのエリさんは、なんでそんなことしたの？　夏神さんをからかうつもりじゃなかったんだよね？」

「違《ちゃ》う。俺は慌てて、キャップを取り返そうとした。せやけどエリさんは気色悪がる風もなく、シリコンキャップを指先で持ったまま、『これと同じやよ』って言いはった」

「これと同じって……何が？」

遠い日に投げかけられた言葉を思い出すように、夏神は目を閉じた。そしてゆっくりと、記憶の中の女性がくれた言葉を辿って唇を動かす。

「キャップをつけても、指が生えてくるわけやあれへん。せやけどこのキャップは、指をなくした心の痛みに蓋《ふた》をして、ちょっとだけ気持ちを軽うしてくれてるやろ？　いつか、指がのうなったことを、ちゃんと受け止められる日が来るはずや。……確か、そんな言葉やった」

「……うん」

「俺が頷《うなず》いたら、こうも言いはった。……同じやわ。ズタズタになった心に蓋をしても、心の傷が塞《ふさ》がる日は来おへん。せやけど、その傷を抱えたまんま生きていくことに慣れたら、傷の形を確かめられる日が来るはずや。それまでは、そうっと蓋しとき。自分でできへんのやったら、私が蓋したげよか……てな」

「蓋……」

海里は、「蓋」という言葉を口の中で幾度か転がしてから、ちょっと上目遣いに夏神を見た。

「で、蓋してもらったんだ？　色っぽい方法で」

「……まあ……そういうことになるかなあ」

しらばっくれながら足の指にシリコンキャップを戻す夏神を、海里は重い空気を振り飛ばすように、思いきりからかう。

「わー、大人って！」

「苛《いじ》めるなや。付き合《お》うとる間、エリさんはずっと、『これは私の暇潰《ひまつぶ》しやよ』って言い続けとったし、俺も、恋とかそういうアレやなかったように思う」

「わかんねえな。恋じゃないなら、何？」

「……さあ。人肌恋しさやろか。エリさんと一緒におったら、何や気持ちが落ちつ いた。今にして思えば、あの人は『暇潰し』っちゅう言葉で、俺が、死んだ彼女に後ろめたい思いをせんようにしてくれとったんやろな」

「ああ、なるほど」

「身体だけは男と女の関係やったけど、ホンマんとこは、何かに逃げ込みたかった俺を、エリさんが受け入れて、甘やかしてくれとったんや。せやから、最後の最後まで、エリさんの仕切りやった」

夏神が口を噤《つぐ》むと、部屋の中はしんと静まりかえる。

細く開けた窓から、外を走る自動車の音が近づき、すぐに遠ざかっていった。

「仕切りって……それ、最終的には夏神さんがふられたってこと？」

敢えてダイレクトに聞いた海里に、夏神はほろ苦く笑って正直に答える。

「せや。独立が決まってしばらくした頃に、いきなり引導を渡された。もうガキのお守りは飽きた、て言われて、家に入れて貰《もら》えんようになった」

「あちゃー。だけど、いくら最初から気まぐれだって言ってたとはいえ、『飽きた』ってのは酷いなあ」

顔をしかめる海里に、夏神は自分自身に言い聞かせるように言った。

「そうと違《ちゃ》う。……別れる少し前、ェリさんがこう言うたんや。『蓋を閉めるんは私がしたげたけど、開けるんは、あんたがいつか必ず自分でやらなあかんよ。閉めたまんまで、ずっと忘れたふりで生きてはいかれへんよ』ってな」

夏神はその言葉を嚙《か》みしめるように、しみじみとした口調で言葉を継いだ。

「昨夜、久々に飲んだくれて、その言葉を思い出した。思い出したら、やっとこさ意味がわかった。あの頃は、ホンマの暇つぶしに遊ばれたんか思うとったけど、違うかった。最後まで、とことん甘やかして、優しゅうしてもろとったんやな、俺」

「そっか……。夏神さんがそう思うなら、そうなんだろな」

自分にはまだわからない大人の女性の心の機微を、海里は消化しきれないまま心のどこかに放り込んだ。

何となく、わかったふりをしてはいけないような気がしたのだ。代わりに、海里はその年上の女性の消息を夏神に訊《たず》ねた。

「その人、今どうしてるの？　連絡とかは？」

夏神は静かに首を横に振った。

「捨てられて、それなりに傷ついとったからな。自分から連絡する気ぃはなかった。師匠が死んだとき、葬式の芳名録を見てみたけど、名前はのうてな。そのことだけは知らせとこうと思うて家まで行ってみたら、もう、家ごとなくなっとった。見事に駐車場になっとったわ。どっかで元気に……幸せに暮らしてはったらええけどな」

「そうか。……いつか会えるといいね」

夏神は口角を僅《わず》かに上げ、「ああ」と言った。

「いつか会えたら、礼を言わんとな。あんとき、エリさんが俺の心に蓋を閉めてくれたからこそ、俺は今、やっとこさその蓋を開けて、ビビリながらでも、心の傷を自分で見ることができるようになったんや。ほんで……もう、二度と蓋はせえへん。今朝がた、そう決めた」

夏神の声には、昨日の動揺がごく微《かす》かに残っているように感じられる。だからこそ、彼の新しい、そして強い決意をよりリアルに感じとりながら、海里はさりげなく言った。

「でも、蓋を開けっ放しだと、傷口が乾いてヒリヒリしそうだからさあ」

「あ?」

何を言い出すのかと少し充血した目を見張る夏神に、海里は悪戯《いたずら》っぽい口調で言った。

「そうなったら、俺とロイドに愚痴っていいよ。俺たち、いつでも聞くよ。そんで、何か旨《うま》いもん食って、飲んで、ヒリヒリがおさまったら、また頑張りゃいいし」

「年上のお姉さんみたいには、上手に甘やかせないけどさ。それでもよけりゃ……」

いつでもどうぞ、と気障《きざ》に肩を竦《すく》めておどける海里を、夏神は太い眉尻《まゆじり》を思いきり下げて、何とも微妙な顔つきで見返した。乱れ髪を片手で掻《か》き回し、「参るなあ」と呟《つぶや》く。

予想の斜め上の反応に、海里はキョトンとした。

「何だよ、それ。迷惑？　お断りされちゃう？」

「そうやない。そうやないけど……」

「けど、何だよ？」

「お前の前では頼れる師匠でいたかったのに、弱いとこばっかし見せてしもて、情けないわ」

「何言ってんのさ」

海里は、そんな夏神の台詞《せりふ》を鼻で笑い飛ばすと、自慢げに胸を張った。

「俺なんか、死にかけのボロ雑巾《ぞうきん》みたいになってるところを、夏神さんに助けられちゃってんだぜ。夏神さんがどんだけみっともないとこを俺に見せたって、しょっぱなの俺に比べりゃ全然マシだって」

「イガ……」

「それもそうやな」

わざとおどけてみせる海里の優しさに、夏神も素直に乗った。

「そうあっさり同意されると、それはそれでちょっと傷つく！」

「ええやないか。死にかけたとこ拾われるんは、『へんこ亭』時代の俺からの、由緒正しき伝統や。俺も、ヤクザに山に埋められる寸前、師匠に助けてもろたしな」

「うわあ、そんな伝統要らねえ……って言おうとしたけど、俺ももう、やっちゃってたな」

「そう言うたら、お前、ロイドを拾ったんやったな」

「……伝統だわ。三代続いたら、そりゃもう伝統だわ」

「せやな」

二人は真面目な面持ちで顔を見合わせ、同時に、ロイドのいる隣室のほうに顔を向けた。そして、つくづくお互いの不思議な縁を感じながら、言葉の代わりに互いの肩を軽くぶつけあったのだった。

＊　＊

その夜、午後十一時過ぎ。

昨日と同じ涼彦の運転する覆面パトカーで、彼と海里、そして奈津は、奥池南町《みなみちょう》にある西原アカネ邸を訪れていた。

無論、海里のシャツの胸ポケットには、セルロイド眼鏡姿のロイドもいる。

家主のアカネを交え、彼らは早速、問題の寝室へと向かった。

「何だか悪いわね、こんなに大勢で女の子の寝室に入り込むなんて」

奈津は気の毒そうに、アカネにそう言った。

昨日は人見知りを絵に描いたような振る舞いをしていたアカネだが、今日は少し慣れたのか、あるいは同年代の同性、しかも獣医ゆえに緊張する動物をリラックスさせる術を身につけている奈津がいるせいか、幾分、表情が和らいでいるようだ。

海里たちが来るまで、アトリエで版画制作の作業をしていたらしい。

肘《ひじ》まで腕まくりしたワークシャツとカーゴパンツ、それに丈の長いエプロンという服装は、前日と似たり寄ったりだった。

「私が……お願いしたことなので」

ぶっきらぼうながらも奈津にそう答えると、アカネは昨日と同じように、涼彦の顔を見上げた。

「それで、どうしますか？」

「正直言って、ここでひたすら朝まで待ってみる以外の選択肢を、自分は持ちあわせません。こういう案件は、初めてなもんで」

今日は綺麗《きれい》にひげを剃《そ》り上げてきた涼彦は、寝室を見回してからアカネに訊ねた。

「いつも、眠るときはどんな風に？　部屋の中は真っ暗ですか？」

アカネは「いえ」と言うと、サイドテーブルの傍へ行った。

「真っ暗は少し怖いし、何か……それこそ地震でもあったとき、咄嗟《とっさ》に行動できなくて困るから、この灯《あか》りだけ」

そう言って、彼女はテーブルの上に置かれたバラ色のシェード付きのレトロなスタンドを、いちばん小さな豆電球だけ点灯させた。

「なるほど。では、それと同じ状態にして、あとは待つしか……どうだ、弟？」

どうやら、本当にそれ以外のプランはないらしき涼彦に話を振られ、海里は顰《しか》めっ面でやむなく同意した。

「それしかないんじゃね？　誰かが代表して寝るってのもちょっとアレだろうし、ベッドの端と端に二人ずつ腰掛けて、待つってことでいいんじゃないかな」

「怪しい奴を待ち伏せって感じね」

奈津はクスッと笑って、アカネを見る。アカネも奈津に対しては、やや緊張気味の笑みを浮かべ、頷《うなず》いた。

そこで四人はスタンドの小さな灯りだけを点《つ》けて部屋の照明を落とし、自然と男女に分かれてそれぞれ背中を向け合い、ベッドに腰を下ろした。

別に意図したわけではないが、海里と涼彦は窓に向かって、アカネと奈津は、大きな本棚に向かって座ることとなる。

普段はアカネひとりだが、今夜は一気に四人の体重を受けとめる羽目になった古いマットレスは、油の切れたロボットのような音を立てて軋《きし》む。

スプリングがへたり気味なのか、無闇に柔らかいので腰に来そうだ。

ともかく、それぞれが所定の位置に腰を下ろし、四人はひたすら「何ものかの気配」を待つこととなった。

別に、多少話をしたところで問題はあるまいと海里は思ったが、隣の涼彦が腕組みをするなり目をつぶってしまい、喋《しゃべ》るタイミングを完全に見失った。

背後のアカネと奈津も口をきかないので、余計に自分が口火を切ることが憚《はばか》られる。

(仁木さんは刑事だから、張り込みとか監視とかで、待つのに慣れてんだろうな。しまった。奈津さんの隣なら、きっと少しくらい喋れたのに。ただ朝まで黙って待ってるだけとか、超退屈じゃね……?)

いっそシャツの胸ポケットの中にいるロイドと喋ろうかとも思ったが、室内はあまりにも静かなので、どんなに小さな声で喋ってたとしても、おそらくアカネに聞こえてしまうだろう。

それに奈津も、人間の姿のロイドは知っていても、その正体が眼鏡だとまでは知らない。

（つまり、今、俺がロイドと喋ると、すんげー気持ち悪い独り言野郎ってことになっちまうんだよな。駄目だ……）

ガックリと肩を落とし、海里は暇つぶしのお喋りを諦《あきら》めた。

（まあ、静かにしてないと、謎の気配や声って奴を、見逃すかもしれねえしな）

こうなったら一刻も早く、その「気配と声の主」の存在を突き止め、正体を明かしたいと、海里は暗がりの中で耳をそばだてた。

じっとしていると、恐ろしく静かだ。

（山奥って、こんなに静かなものなのかな）

海里がかつて住んでいた都心のマンションは、静けさなどというものとは無縁だったし、今暮らしている「ばんめし屋」も電車の駅が近く、昼も夜も比較的、人通りがある。

終電が行き過ぎた後はさすがに静かだが、それでも店の北側に幹線道路が走っていることもあり、自動車の往来は減りこそすれ、絶えることはない。

すぐ隣に芦屋警察署があるので、緊急出動するパトカーの音にギョッとすることも時にはある。

だが、アカネの家のある奥池地区というのは、行き道に奈津に聞いたところ、家を別荘使いしている人も多く、もともとの人口が少ないらしい。

さらにそれぞれの敷地が大きいせいか、家の中から人の生活音も聞こえなければ、気配もしない。

外を通る自動車もごく疎《まば》らで、おそらくは普通の乗用車なのに、その走行音にビクッとしてしまうほどだ。

(こんなに静かだと、かえって落ち着かねえもんだな。山奥っていっても、ジャングルみたく獣の声がするほどでもないみたいだし)

あまりにも外が静かなので、夜は寒いからとアカネがつけたエアコンの音や、他人の立てる微《かす》かな衣擦れの音や呼吸音が気になって、逆に気持ちが落ち着かない。

だいいち、「謎の気配」や「謎の声」と言われても、どんなものかさっぱり見当がつかないので、探りようもないのだ。

ターゲットがあまりにもぼんやりしている現状に辟易《へきえき》して、海里は暗さに慣れてきた目で、部屋を眺めてみた。

スタンドの僅《わず》かな光が、漆喰《しっくい》塗りの壁や天井に、複雑な影を作っている。

ニスで暗い色に仕上げた家具はどれも大きくて重厚な造りなので、暗い中でシルエットだけを見ると、まるで大きな生き物が仁王立ちになり、自分たちを取り囲んでいるようだ。

特に壁一面を覆い隠す本棚は恐ろしい程の迫力で、眠るための部屋に置くには、あまりにも大きすぎる。

よほど、前の住人は読書家だったのだろう。

そんな室内で、一つだけ浮き上がって見える白っぽい家具が、海里のすぐ目の前にある。

昨日も目に付いた、アカネが持ち込んだと思われる鏡台だ。

あちこちでよく見かけるスッキリしたデザインは、おそらく北欧の有名メーカーの家具だろう。他の家具とあまりに趣が異なっているので、嫌でも目につく。

折りたたみ式の鏡は立てたままで、その前には、化粧品のボトルやケースが整然と収められていた。

アトリエの版画用の道具も種類ごとに綺麗に並べてあったので、アカネは相当に整《せい》頓《とん》好きだと思われる。

(あの人、ろくすっぽ化粧してないみたいなのに、それでも女子のコスメってあんなにあるのか。すげえな。そういや俺、役者辞めてからスキンケアなんてサボりっぱなしだ。肌、あの頃よりずっと荒れてんだろな。そんなことも、いつからか気にしなくなってた)

思わず、そんな感慨が胸にこみ上げる。

ミュージカルに出ていた頃、楽屋は他のキャストと共に大部屋に詰め込まれていたのだが、それでもひとりに一枚、「鏡前」と呼ばれる小さなスペースと身支度用の鏡が与えられ、そこに必要なメイク道具や小物をぎっしり並べていたものだ。

（あの頃は、新しい化粧水やパックが出たっていうと、誰かが早速買ってきて、みんなで使いまくって空っぽにしたり、評価し合ったり。面白いパックをみんなで貼って、ブログ用の写真を撮ったり……楽しかったな。女性用のコスメもけっこう使ってたから、俺と同じ奴がもしかしたらあるかも……ん）

プライバシーの侵害はよくないと思いつつも、手持ち無沙汰《ぶさた》だと、つい手近なものを観察したくなるものだ。

海里は軽く身を乗り出し、鏡台の上にある化粧品をもっとよく見ようとした。

すると、ボトルの前にポンと無造作に置かれたものが、ふと目に留まる。

それが何であるかに気付くなり、海里は顔色を変えた。思わず出そうになった声を、咄嗟に片手で口元を押さえ、こらえる。

だがその目は、誰とも分かち合えない驚きに、せわしない瞬《まばた》きをくりかえした。

（あれ……！　まさか）

他人のものを触ってはいけないと理性は咎《とが》めていたが、それより遥《はる》かに大きな驚きと好奇心で、海里は鏡台の上の「それ」を取ろうと、軽く腰を浮かせた。

息づかいの変化とマットレスの動きで、海里が何かしようとしているのに気付いたのだろう。涼彦は目を開け、鋭い眼光で海里を窘《たしな》めたが、それすらも、抑止力にはならなかった。

海里は素早く鏡台の上に見つけたものを手に取り、再び座り直した。傍らから涼彦の非難の視線を感じたが、それはキッパリと無視する。

幸か不幸か、背中合わせに座っている当のアカネに、海里の行動を知る由はない。

海里は、「それ」を手のひらに載せ、ベッドの反対側に置かれた灯《あか》りができるだけ届く場所で、しげしげと眺めた。

海里を驚かせた「それ」というのは、深紅のリストバンドだった。

黒くて細いラインが上下に一本ずつ、中央部には、稲妻を模した模様と、「NAOTO」という名前が、やはり黒で染め抜いてある。

そのシンプルだが特徴のあるデザインを、海里は嫌というほど見知っていた。

(懐かしいな。あったあった、こういうの)

心の中で呟《つぶや》いて、海里はリストバンドの表面を、指先でそっと撫《な》でた。柔らかなパイル地の肌触りが、今となっては遠くなってしまった記憶を呼び覚ます。

その稲妻模様は、他でもない海里の、いや海里のというより、かつて彼の演じていたとあるキャラクターのトレードマークだった。「NAOTO」、もとい「ナオト」というのは、そのキャラクターの名前だ。

デビュー作であるスポーツ漫画が原作のミュージカルで、海里は主人公の宿命のライバルを演じていた。

フェンシングがテーマの漫画だったので、出てくるキャラクターのほとんどはフェンシングの選手である。海里の演じた役は、天才的なフェンシングの才能を持ち、幼い頃からイギリスで英才教育を受けたエリート高校生という設定だった。

イギリス帰りのため、何かあると英語が口をついて出るというキャラクター設定があり、高校時代、あまり勉強に熱心でなかった海里は、四苦八苦して英語の発音を練習したものだ。

そのキャラクターの通り名が、「紅蓮《ぐれん》の稲妻」というちょっと気恥ずかしいものであり、リストバンドのデザインも、勿論《もちろん》それにちなんだものだ。

ミュージカルの客席に詰めかけた観客たちは皆、自分のご贔屓《ひいき》の「選手」が誰かをアピールするため、グッズとしてロビーで販売されているそれぞれの選手のリストバンドをはめ、観劇するのが慣例だった。

(カーテンコールで、お客さんが音楽に合わせて腕を突き上げるとき、俺色のリストバンドが見えると嬉《うれ》しかったなあ……)

『ほら、先輩！　稲妻リストバンド、誰の奴よりも多いですよ！　凄《すご》い！』

舞台の上で、自分が演じるキャラクターの緑色のリストバンドを探すより、海里の赤いリストバンドを数えながら歓声を上げていた、当時の李英の、今よりずっと幼かった笑顔も思い出される。

(稽古《けいこ》も本番もいっぱいいっぱいで、毎日、体力も気力も財力も限界ギリギリ手前だったけど……それでも凄く楽しかったなあ)

懐かしさが胸いっぱいにこみ上げて、不覚にも滲《にじ》みそうになった涙を、海里は気力で引き戻した。

それと同時に、素朴な疑念もわき上がってくる。

(何だってこれが、ここにあるんだ?)

どう考えても、これが「前の住人」の持ち物であるとは思いがたい。

となれば、このリストバンドは、アカネの持ち物ということになる。

(もしかして、西原さんって……)

海里はそろりと振り返った。

奈津のしゃんと伸びた背中の横に、少し身長が低く、しかも若干丸まったアカネの背中が見える。

(いや、でもなあ。訊《き》けねえよな)

さすがに今、そのことを口に出せる雰囲気ではない。ただでさえ、他の三人が黙然と怪異の出現を待っているというのに、自分の好奇心から、その緊張感をぶち壊すわけにはいかない。

（……あとでチャンスがあったら振ってみるか）

リストバンドを戻すために動けば、さすがに今度はアカネが反応するかもしれない。

少し逡巡《しゅんじゅん》したが、海里はそれをジーンズのポケットにさりげなくねじ込んだ。

おそらく、再び目を閉じているように見せかけて、涼彦はしっかりチェックしているだろうから、この家を出るまでに返さないと、きつく咎められることになる。

そういうところは、兄、一憲の親友だけあって、決して身内だからと目こぼしをするような男ではない。

だが海里としては、久々に巡り会った「自分の」リストバンドと離れがたかったし、いったいどういう経緯でこれが鏡台の上にあったのか、アカネに現物を見せて問い質《ただ》したい気持ちでいっぱいだったのだ。

（みんなの前で訊《たず》ねるのもアレだし、かといって、西原さんと二人きりになるチャンスってなさそうだし、どうすっかな……）

胸ポケットの中のロイドに相談することもできず、海里はジリジリした思いを抱きながら、他の三人と同じく、ただひたすらに待つしかなかった。

ケホッ。

位置から考えて、奈津が発したと思われる小さな咳《せき》で、海里はハッと我に返った。アカネにいつ、どうやって質問の機会を作ろうか……とぼんやり考えているうちに、うとうとしてしまっていたらしい。

(ヤバっ)

あやうく垂れそうになっていたヨダレをシャツの袖口《そでぐち》で拭《ぬぐ》い、海里はゆっくりと首を上下左右に倒した。

項垂《うなだ》れ気味になっていたので、うなじから肩にかけて軽く張っている。鈍い痛みからして、十数分は、そうやって眠りかけていたのだろう。

(はー、俺が寝落ちしてる間に、変なもん出てこなくてよかった。いや、出てきてくれてもよかったか、この際)

そんな不謹慎なことを考えている間にも、奈津はくぐもった咳を断続的に繰り返す。

とうとうたまりかねたのか、アカネの声がした。

「大丈夫?」

「ごめんなさい、ちょっと……ゴホッ、喉《のど》、が」

エアコンをつけていて、空気が乾いているせいかもしれないが、奈津の返事は少し苦しげで、こみ上げる咳をこらえながら喋《しゃべ》っているのが明らかだった。

海里が、「水でも飲んできなよ」と声をかけようとしたとき、アカネが先にこう言った。

「あの……私も喉渇いたし、皆さんも眠いと思うから……コーヒーでも淹《い》れてきます」

そして返事を待たず、アカネは立つ気配がした。

（やった！）

「あ、じゃあ、私も」

「や、俺が手伝う。奈津さんには、水も汲《く》んでくるから。ちょっと待っててよ」

絶好のチャンス到来と、海里は奈津の言葉を乱暴に遮り、勢いよく立ち上がって、ベッドを回り込み、扉のほうへ向かう。

「えっ」

アカネは何故か酷《ひど》く驚いた声を出し、奈津は「でも」と、済まなそうに言ったが、海里は意に介さず、早口に言った。

「だってほら、両サイドにひとりずつ残ってたほうがいいでしょ、何か出たとき、気づきやすいじゃん」

「それもそっか。じゃあ、お願いします」

海里が適当に捻《ひね》り出した屁理屈《へりくつ》に、奈津はすんなり乗ってくれる。いつもなら不自然だと気付きそうなものだが、眠気が彼女の鋭い観察眼を鈍らせているのだろう。

「……じゃあ、待つ間に、これでも」

涼彦はそう言ってスーツの内ポケットを探り、何かを取り出して、奈津に手渡した。灯《あか》りの下でそれを見て、奈津は「あら」と切れ長の目を見張った。

「のど飴《あめ》？　ありがとう。用意がいいのね」

「張り込み中に咳《せ》き込んじゃ、目も当てられないからな」

そう言いながら、闇を透かすように、涼彦は海里の顔を見上げた。

何のつもりか知らないが、余計なことはするなよ……と、言葉より遥《はる》かに雄弁に語る涼彦に曖昧《あいまい》に頷《うなず》いてみせ、海里はアカネと共に寝室を出た。

寝室のすぐ近くにあるキッチンは、他の部屋とは雰囲気が異なっていた。

ステンレス製の大きなシンクやガスコンロのついたシステムキッチンや、炊飯器や電子レンジを置くスペースがある収納棚は、実に近代的なものばかりだ。

「これも、前の住人の？」

海里が話の糸口を作ると、アカネはやはり海里の顔を見ようともせず、「ここだけはリフォーム」と答え、水を張ったヤカンを火にかけた。

それから、海里に背を向けたまま、硬い声音で付け足す。

「あの。別に手伝って貰《もら》うほどのことはないから、戻ってください」

だが海里はそれには返事をせず、アカネに近づいた。

足音だけで、彼女はビクッと身を震わせたが、頑固なまでに振り返ろうとしない。

構わず彼女の斜め後ろに立った海里は、ポケットからくだんのリストバンドを取り出し、彼女の目の前に差し出した。

「あっ」

アカネは驚いた声を出し、身体ごとガバッと海里のほうを向く。

「あ、あの、あのっ、それは」

ずっとテンションが低かったアカネが、信じられないほど上擦った声を出すのを聞いて、海里は答えを聞くまでもなく確信した。

「俺のこと、知ってたんですね。……つか、ミュージカル、見に来てくれてたんですね。で、これ買って……俺のこと、応援してくれてたんだ？」

軽くのけぞって硬直したまま、アカネは視線を四方八方に彷徨《さまよ》わせ、顔を目まぐるしく青くしたり赤くしたりした。

だが、やがて観念したのだろう、ゆっくりと一つ、頷いた。

「じゃあ、なんで俺とだけ、目を合わせてくれないんすかね？」

海里は穏やかに問いかける。

アカネはそれでもなお海里の顔を見ようとせず、ヤカンに視線を据えてボソリと答える。

「だって……うちに来るなんて、思わないじゃない」

海里は思わず苦笑いする。

「そりゃそうだ。もしかして、最初っからわかってました？」

「顔を見て、似てるって思いました。五十嵐って紹介されて、絶対そうだと思ったんです。だって……テレビで見て、芦屋市内の定食屋で働いてるって知ってたから。だけど、なんで刑事さんと一緒に来るのか、わかんなかった。さっき、刑事さんがお兄さんの友達って聞いて、やっとわかったけど。あの、本当に……あの、五十嵐カイリ君なんですよね？」

海里は頷き、昔取《むかしと》った杵柄《きねづか》と言わんばかりに、かつて演じたミュージカルのキャラクターの、独特の「突き」のポーズをその場でしてみせる。

「……ホントだ」

アカネはぽつりと言って、深い溜《た》め息をついた。

「ん？」

てっきり喜んでくれると思ったアカネが、むしろ悲しげな顔つきをしたのに驚いて、海里は気障《きざ》なポーズをやめ、何となく気まずそうにモジモジしながら問いかけた。

「何てーか……幻滅しました？　現物の俺がこんなんで。もう一般人だから、あの頃よりはだいぶ劣化しただろうなとは思うけど」

するとアカネは、何故か眼鏡越しに海里をキッと睨《にら》み、やけに強い口調で吐き捨てた。

「幻滅なんか、ずっと前にしてました！」

「あ……」

海里の顔が、たちまち曇る。

「すんません。あの、女優さんとのことでガッカリさせたんなら、マジで悪いと……」

「違います！」

だが、海里の謝罪に耳を貸そうともせず、アカネはやはり尖《とが》った声を上げる。

海里は戸惑いを露《あら》わに、アカネの怒っているとしか思えない顔を見た。

「違うって……」

「もっと、もっと前」

怒りというより、どうしようもないやるせなさが、彼女の声には滲《にじ》んでいる。

初めて、自分に向けてファンから直接に叩《たた》きつけられた怒りに、海里はショックを受けながらもアカネに訊《たず》ねた。

「もっと、前？　すんません。なんかよくわかんないけど……もし、よかったら聞かせてください。リストバンドを買ってくれるほど俺のこと応援してくれてたのに、いつ、どうして俺に幻滅しちゃったんでしょうか」

「それは……」

「俺、芸能界にいた頃は、ファンだった子とちゃんと話す機会が全然なくて。芸能人を辞めてからは、店に今でもたまにファンですって子が食べに来てくれるけど、やっぱそういうところじゃ、本音は言えないと思うんですよ。俺以外の店員がいるし、他のお客さんの手前もあるし、みんな、凄《すご》く行儀いいから。だから……よかったら」

さすがに遠慮があるのか、具体的なこととなると途端に言い淀《よど》むアカネに、海里は熱を帯びた声で頼んだ。

「お願いします。聞かせてください。お湯が沸くまでの間でいいんで」

そう駄目押しして、海里は姿勢を正し、深く頭を下げる。

そこまでされては無碍《むげ》にできないと思ったのか、アカネもおずおずと再び海里に向かい合うと、迷いながら口を開いた。

「わかりました。でも私……あのミュージカル、最初から見てたわけじゃないんです。原作漫画のファンだったから、むしろあんまりいい印象を持ってなかった」

「ああ……まあ、わかります。皆さんそうだったんで」

ミュージカルが始まった頃は、今ほど漫画やアニメの舞台化が一般的ではなかった。当時の、自分たちに対する原作ファンからの激しい非難を思い出し、海里は思わず肩を竦《すく》める。

一方のアカネは、とことん正直に話そうと腹を決めたのだろう。そんな海里の反応に構わず話を続けた。

「あるとき、仕事をしながら深夜テレビを見ていたら、偶然ミュージカルのPVが流れて、正直、うわあヘタクソってせせら笑ってました。だけど、剣を手に、試合で戦うあなたが映った途端、ヘラヘラ笑ってた顔に、ビンタされたみたいな気分になったの」

「……ビンタ⁉　俺が？」

「そのくらい、ショックだったってこと。お芝居が上手とか下手とかじゃなくて、私がいちばん好きだったナオト……あなたがやってたキャラが、そこにいたから」

「！」

「ナオトが私と同じ世界に現れて、汗びっしょりになって戦ってた。次の瞬間には、ネットでチケットを買ってました。そこから先は、当時は東京に住んでたから、地元の公演は全部、最低三回は見てたかな。それでも、どうして最初から見なかったんだろうって、自分の偏見が腹立たしかった」

そう言って、アカネは恥ずかしそうに海里の顔を見て、「だって、いつも本当に、そこにいたから」と繰り返した。

「……それ、これ以上ない褒め言葉っすよ。ありがとうございます」

感動の面持ちで礼を言う海里に、アカネも初めて薄く微笑んで頷《うなず》く。

「雑誌も、あなたが出てるのは、ほとんど全部買いました。インタビューで……ミュージカルの役柄について言ってたこと、覚えてます？」

「んー、すんません。正直、あの頃、インタビューって山ほど受けたんで、内容はいちいち覚えてない……かな」

「だと思った。でも、私は覚えてる。五十嵐君は、『僕は芝居がまだできないので、役を演じようとは思っていません。舞台の上だけじゃなく、このミュージカルに出ている間は二十四時間、五十嵐カイリじゃなく、ナオトとして生きてます』って言葉。『目を覚ましたときのアクションも、歯の磨き方も、飯の食い方も、歩き方も……ナオトならどうするかなって、いつも考えてます』そう言ってました」

「あー……言ったかも。つか、確かにそうしてましたよ、俺。未《いま》だに、たまーに癖で出て来ちゃうくらい」

海里がちょっと照れ臭そうに鼻の下を擦《こす》ると、アカネも当時の気持ちを思い出すように、両手を胸元に当てた。

「それを読んで、凄く感動したの。そこまでの覚悟を持ってキャラクターと向かい合ってくれる人、他には見たことがなかったから。だから……ミュージカルが終わるまで、ずっと」

訥訥《とつとつ》と、しかし誠実に、考えながら、アカネは言葉を口にする。

言葉を飾ることはなくても、アカネがどれほど熱心に自分を応援していてくれたのかは痛いほど伝わってくる。だからこそ、海里は胸の痛みを覚えながら、問いを投げかけた。

「そんなに好きでいてくれたのに、幻滅したってのは……ミュージカルが終わって、俺がナオトじゃなくなったから、ですか？」

しかし、海里の推理はまたしても外れたらしい。

アカネはたちまち険しい顔つきになり、唇をギュッと引き結んだ。

眼鏡を外して自分のワークシャツの袖《そで》で拭《ふ》きながら、さっきの高揚はどこへやら、いつものボソボソした口調で答える。

「こんなに役に対してひたむきで、誠実な人だから……この先もずっと、応援したいって思ってました。それなのに、ドラマにちょっと出ただけで、あとはくだらないバラエティ番組に出て、チャラチャラしてるばっかりで……！　だから、あんなことが起こる前に、とっくに幻滅してました！」

叩きつけるように言って、アカネは眼鏡を掛け直した。それでも気持ちがおさまらないのか、勢いのままに言い募る。

「たとえお芝居が凄く上手じゃなくても、ああ、でも少しずつ上達してるって感じるだけで、見守っててよかった、ファンでよかったって思えました。一生懸命、生き生きと演じてる五十嵐君が好きだった。他のドラマでも、どんな端役でも、たとえ死体の役でも、五十嵐君がミュージカルの時と同じように頑張ってたら、私……きっと、応援したと思います。だけど、そうじゃなかった。料理だって、別に全然好きじゃなかったでしょう？　あんないい加減で適当な姿、見てるのがつらかったです！」

「………」

「あ……ご、ごめんなさい」

厳しい顔で黙り込んだ海里に、さすがに言い過ぎたと思ったのか、アカネはハッと口元に手をやり、詫《わ》びた。

だが海里は、ゆっくりとかぶりを振った。そして、手に持ったままだったリストバンドを名残惜しそうにじっと見下ろしてから、アカネに差し出した。

「ホントに、すみませ……いや、違うな。ありがとうございます」

「え……？」

リストバンドを受け取りながら、アカネは意外そうな顔つきになる。

海里は、しんみりと笑って、アカネの戸惑い顔をじっと見た。今度ばかりは、アカネも目をそらさず、海里を真っ直ぐに見返す。

「感謝の理由は四つあって。一つめは、ミュージカルに最後まで付き合ってくれたこと。二つ目は、俺のこと、物凄《ものすご》くよく見ていてくれたこと。三つ目は、正直に、幻滅した理由を話してくれたこと。……で、四つ目は」

「四つ目は？」

「それでも、そのリストバンド、捨てずにいてくれたことです。幻滅しながらでも、俺のこと、一欠片《ひとかけら》くらいは信用して、期待しててくれたってこと……なのかなと。違います？」

それは、推測がまたしても外れたら、今度こそ自分は少し泣くかもしれないと恐れながらの発言だった。

しかしアカネは、実に曖昧《あいまい》な首の振り方をする。

「え……？　ど、どっち？」

思わず動揺する海里に、アカネは真剣に言葉を探しながら再び口を開いた。

「どうだろう。腹が立って捨てようと思ったけど……やめたのは……」

「やめたのは？」

ヤカンの注ぎ口から、シュンシュンと湯気が噴き出し始める。

当初、話は湯が沸くまでという約束だったが、アカネはガスの火を止めると、再び海里に視線を戻した。

「ナオトだった時の五十嵐君が大好きだったのは、本当だから。それは、その後のあなたがどうであっても関係ない。だから……捨てられなかったんだと思います」

「……あー……そういう……」

海里はガックリと肩を落とした。

こんなに熱心に応援してくれていたファンに感謝することもせず、そればかりか手《て》酷《ひど》く裏切った事実を突きつけられ、苦い後悔がこみ上げて来る。

だが、その悔恨の思いを海里が口にする前に、アカネは両手に大事そうにリストバンドを持って、こう続けた。

「でも、引っ越しの時に雑多な小物と一緒に箱に放り込んで、そのままにしていたこれを、昨日の夜、探し出したんです」

「え？　わざわざ？」

面食らう海里に、アカネは恥ずかしそうな笑みを白い頬に浮かべ、過去にそうしていたように、リストバンドを右手首に嵌《は》めた。

「あんなに幻滅して、もうテレビで顔を見るのも不愉快だったのに、昨日、うちに来たとき、あ、五十嵐君が帰ってきた……そう感じて」

「えっ」

「テレビで毎朝料理を作ってたときの、あの凄《すご》く嫌な感じが消えてました。また、一生懸命な五十嵐君だって……。そう思ったら、眩《まぶ》しくて、まともに見られなくなっちやって……だから、ごめんなさい。失礼でした」

「……うっわ……」

つまりアカネは、昨日、あの短いひとときで、海里の変化を感じ取ったと言っているのだ。その気持ちが嘘でないことを、彼女のはにかんだ笑顔と手首のリストバンドが、何より雄弁に語っている。

「テレビの料理コーナーとは違って、定食屋のお仕事、真面目にやってるんですね」

ぶっきらぼうだが、昨日のそれとはまったく違う温かみのある口調でそう言い、アカネは本当に眩しそうに目を細め、躊躇《ためら》いがちに海里の顔を見上げる。

海里は照れ顔で頷いて、何度か頷いた。

「俺、あの店に居着いて、初めて料理に真面目に取り組んで、今、すげえ充実してるんです。何かを一生懸命やる気持ち、やっと思い出せたっていうか。あと俺、色んな人に助けてもらってることにも、芸能人を辞めて、やっと気が付きました。だから」

「だから、ナオトをやっていたときの顔に近づいたんだ。だけどもう、お芝居はやらないんですか？」

ストレートな質問を食らって、海里の口元が小さく痙攣《けいれん》する。

「それは……」

海里は、苦しそうな顔で何かを言いかける。

しかしその時、彼のシャツの胸ポケットの中で、セルロイド眼鏡が……つまりロイドが、小さくピョンと跳ねた。

「あっ」

それはアカネには気付かれない程度のアクションではあったが、海里の注意を引くには十分だった。そして、ロイドの「警告」が意味するところも、海里にはすぐ察しが付いた。

「何か、出たんだな！」

「えっ？　何かって……」

突然、海里の顔が引き締まったこと、声の調子が変わったことに、アカネは驚いて身を固くする。

「コーヒーのことは忘れて。戻りましょう。今すぐ！」

そう言うが早いか、海里はごく自然にアカネの手を取り、寝室に向かって駆け出した。

寝室に駆け込んだ二人が見たものは、ベッドから立ち上がり、身構えている涼彦と奈津だった。涼彦は背中しか見えなかったが、奈津の理知的な顔には、明らかな緊張の色がある。

（だけど、怖がってる感じじゃないな）

咄嗟《とっさ》にそう判断しながら、海里は押し殺した声で訊《たず》ねた。

「何かあった？」

すると奈津も、いつもは幾分細い目を見開いたまま、微《かす》かな声で答える。

「声がしたの。たぶん、女性の声。それも、子供みたいな」

それを聞くなり、海里にリストバンドの上から手首を摑《つか》まれ、激しく動揺していたアカネは息を飲んだ。

「あ、す、すいません」

自分の振る舞いに気付いた海里は慌てて手を離したが、そんなことを気にする余裕同時に「えっ⁉」と言う。

「もしかして、『おはなしのつづきは？』って言った⁉」

今度は奈津が、そして勢いよく振り返った涼彦が、あからさまな驚きの表情で、同時に「えっ⁉」と言う。

海里は、戸惑って三人の顔を順番に見回した。

「えっ、って何？　マジでそう言ってたの？　何か見た？　つか西原さん、めっちゃ具体的に知ってるんじゃん！」

どれももっともな疑問であったが、奈津は聞き分けのない犬を叱るような声で、「しッ」と言い、唇の前で人差し指を立てる。

「さっき、えっ、て言ったくせに、自分も」

子供じみた抗弁をしながらも、海里は大人しく口を噤《つぐ》む。

すぐ横で、アカネが「よかった……。私だけに聞こえるんじゃないんだ」と独り言を言うのが聞こえた。

四人はそれぞれの場所を動かず、ただ、どこからか聞こえてくるらしき声を逃すまいと、耳を澄ませる。

すると、今度は海里の耳にも、微かな声が聞こえた。

『おはなしのつづきは……？』

鼓膜がガラスになったのかと思うほど、澄み渡った、可憐《かれん》な少女の声だ。

「聞こえた……！」

「俺も聞いた」

「私も。でも、どこから？　そっちだった？　仁木君」

「わからん」

低い声でやり取りする仁木と奈津の声を隠れ蓑《みの》にするようにして、海里の耳に、ロイドの小さな呼びかけが届いた。

『海里様』

海里は三人に背を向け、胸ポケットに顔を寄せて囁《ささや》き返す。

「何だよ。お前も聞いたろ、今の声。どこからだ？」

『それが……』

「長々喋《しゃべ》ってたらバレる。一言で教えろよ」

『本棚の向こう側かと』

「はぁ？」

つい素っ頓狂《とんきょう》な声を出してしまった海里の後頭部を、近くに来ていた涼彦が平手で軽く叩《たた》く。

「痛ッ」

「うるさい。大声を出すな。相手が警戒すると困るだろう。……しかし、いったいどういうことだ？　どう考えても、小さな女の子の声だったな」

刑事の特殊技能なのか、驚くほど響かない声で、涼彦は早口に言った。皆、いっせいに頷《うなず》く。

「しかし、いったいどこから……。まさか、この家に幼い女の子は」

「いません。でも、私も毎晩、この声を聞いてます。同じ言葉を」

アカネの言葉に軽く被《かぶ》さるように、また、謎の声が聞こえた。

『ねえ、おはなしのつづきがききたいの』

たちまちざわめく他の三人をよそに、海里は巨大な本棚に目をやった。

床から天井まである本棚には、ぎっしりと本が詰まっている。

海里は、やはりヒソヒソ声でロイドにもう一度問いかけた。

「あの向こうってマジかよ」

『はい。間違いなくあちらの方向から、ごく微かな気配が』

付喪神《つくもがみ》であるロイドは、人間より、ずっとその手の気配には敏感である。海里は半信半疑ながらも、アカネに問いかけてみた。

「あの、すいません。つかぬことを訊《き》きますけど、あの本棚の向こうって、何かありますか？」

「は？」

唐突な質問に、アカネは戸惑い、少し考えて首を横に振った。

「いいえ。何も」

「廊下も？」

「ここ、廊下の突き当たりだから」

「そっか。そうっすよね」

相づちを打つ海里の胸ポケットの中で、ロイドがまたしても、今度は何度も跳ねる。

そんなはずはない。

そういう強い主張のように、海里には感じられた。

「けど……何か……」

「どうかしたの、海里君。本棚が、どうかした？」

心配そうに問いかける奈津に、海里は曖昧《あいまい》に首を捻《ひね》る。

一方、海里と共にロイドがいることを知っている涼彦は、それがロイドの考えだと気付いたのだろう、海里の二の腕を小突き、「あいつか」と囁いた。

海里は、片目をつぶって返事に代える。

「灯《あか》りを」

涼彦はアカネに短く指示を出した。

「あっ、はい」

アカネはすぐに、照明のスイッチを入れる。頭上の鉢を伏せたような形のガラスシェードが、柔らかな光を放ち始めた。

そうしておいて、涼彦は一同の顔を見回し、問いかけた。

「全員、声は聞いたな?」

奈津は不思議そうな顔で室内を見回しながら、三人を代表して答えた。

「小さい声だったけど、ハッキリ聞こえたわ。『おはなしのつづきは……?』って言ってた」

アカネも海里も頷く。涼彦は、すぐに次の質問を発した。

「俺も聞いた。……しかし、姿はどうだ? 誰か、声の主の姿を見たか?」

その質問には、奈津と海里はすぐに首を横に振る。だがアカネは、酷《ひど》く躊躇《ためら》いがちに、「今は」と答えた。

「今は?」

他の三人の声が、見事に重なる。

「あ……いえ」

三人に取り囲まれる状態になって、アカネは両手で口元をおさえ、アワアワして立ち尽くす。海里は可哀想になって、助け船を出した。

「昨夜から気になってたんですけど……もしかして、ただの気配と声だけじゃなくて、何かもっとハッキリした姿を、西原さんは見てたんじゃないですか？　だけど、何となく言いづらかった？」

「は……はい」

アカネは落ち着かない様子で頷いた。そこをもっと追及しろと催促するようなロイドの動きを感じながら、海里は慎重に言葉を継いだ。

「それ、ちゃんと今、俺たちに教えてください。昨日は、信じてもらえないかもって思って、言えなかったんでしょ？　だけど、俺たちみんな、女の子の不思議な声を聞きました。だから、今なら全員、どんな奇抜なことを言われたって信じますって。話してください。何を知ってるんです？」

涼彦と奈津も、要領を得ない顔つきながらも、頷いてみせる。

それでもなおしばし躊躇った後、アカネは小さな声で言った。

「夢、が」

「夢？」

「ヒッ」

三人同時に発した声にビクッとしたアカネを見かねて、海里は涼彦と奈津を牽制《けんせい》した。

「ちょっと、そこの二人はしばらく黙ってて。俺に教えてください。夢がどうしたんです?」

「あ……ええと」

かつて憧《あこが》れた海里に促されて、勇気が出たらしい。アカネは思いきった様子で、海里だけを見て打ち明けた。

「私、小さい頃から、毎晩、同じ夢を見るんです。丘があって、花が咲いてて、綺麗《きれい》なところで、……そこにひとりぼっちでいます。そこが私だけの、夢の国なんです」

「はあ? あっ、う、うん、続けて?」

想定外の突拍子もないところに話が飛び、海里は目をまん丸にしたが、それでも先を促す。涼彦が何か言いかけるのを、奈津が片手で脇腹にツッコミを入れて黙らせたのが視界の端に見えた。

アカネは胸の前で、両手の指を固く握り締め、気合いの入った顔で、か細い声を絞り出した。

「そんなこと言ったら、どっかおかしいと思われるから……親以外に話したこと、およそないんですけど。ホントなんです。毎晩、夢の世界に行くのが、私は大好きで。だけど、この家に越してから、その夢の世界に、他の人の声が聞こえるようになりました」

「それが、さっきの女の子の声、とか？」

海里がそう言ってみると、アカネは眼鏡がずれそうな勢いで頷く。

「そうなんです！　それで、誰かが近くにいる気配がして、すぐ目が覚めちゃって。私、自分の夢の世界をモチーフに版画を作るんです。だから」

「もしかして、昨日言ってた『仕事に支障が』って、そのことですか？　女の子の声と気配のせいで目が覚めちゃって、夢の世界に居続けられないから？」

アカネはまた、こっくり頭を上下させた。

「わかんないかもしれないけど……私だけの夢の世界に没頭して作品を作りたいのに、そこに他の誰かがいるってのは、凄《すご》い雑音なんです。私にとっては、耐えがたいことです。誰だって、侵入者は好きじゃないでしょ？」

「……さっぱりわからん」

呻《うめ》くように涼彦が漏らすのが、背後で聞こえる。だが海里は、辛抱強く聞き手を務める。

「だから、女の子の正体を突き止めて、夢の世界から追い出したいと思った……？」

「はい。だから、嫌だったけどお医者さんにもかかったし、お医者さんが何もないって言うから、思いあまって警察の方に相談したんです。だけど、信じてもらえないだろうし、馬鹿なこと言ってるって怒られるのも嫌で……」

「嫌で、肝腎《かんじん》なことは話せなかったんだ？」

「ごめんなさい！」

アカネは、泣きそうな顔で、三人に頭を下げる。

「……ちょっと。何か言ってあげなさいよ」

奈津はまた、涼彦の腕を小突き、怖い顔で目配せする。海里には決して見せない、それこそ「戦友」にだけ見せる小学生男子ばりにイラッとした顔を奈津にチラと向けてから、涼彦はすぐに元の真顔に戻り、咳払《せきばら》いして、アカネに言った。

「誰にでも、話しにくいことはあります。しかし、少なくとも警察には話して貰《もら》わなくては困ります」

「ほ、ホントにすみません！」

「いや、謝ってほしいわけではなく。確かに自分も、相談に来られたとき、いきなりそこから話を始められたら、信じられていた自信はありません。しかし……ここにいる全員が、同じ不思議な声を聞いたわけですから、今なら信じられます。というか、信じざるを得ない。他に何か情報があるなら、包み隠さず教えてください」

もともと端整な顔の涼彦である。真摯《しんし》な口調でそう言い、じっと見つめられて、アカネは強張《こわば》っていた頬を、うっすら上気させた。

「ついこの前までは、何もなかったんです」

「声と気配だけ。ホントです。だけど……何日か前から、姿が」

「姿を見たんですか？」

詰め寄る涼彦にちょっと怯《おび》えた風を見せながらも、アカネは頷《うなず》く。

「夢の中で、ですけど」

「……なんだ。あ、いや、別にガッカリしたわけじゃ……いや少ししたか。とにかく、夢の中でも何でも、姿を見たんですね？」

涼彦の正直すぎるリアクションに、むしろ少し安心したらしい。アカネは深呼吸を一つして「はい」とハッキリ肯定した。

「ちなみに……どんなでした？」

そう問われて、アカネは小首を傾げて答えた。

「小さな女の子、だと思います」

「思います？」

「遠くの丘にいたから、はっきりとは。……だけど、全身真っ白の、雪の妖精《ようせい》みたいな服を着た女の子。髪の毛は長くて、金色……うぅん、栗色かな。とても可愛い、お姫様みたいな服装の……」

「は？」

「フランス人形かよ」

涼彦は、顰《しか》めっ面で呟《つぶや》く。一方で、海里の胸ポケットの中で、ロイドがまたピョンと跳ねた。

（そんな女の子の気配が、本棚の向こうから感じられるっていうのかよ？）

海里の心の声が聞こえるのか、ロイドは今度はごく小さく動いた。

「あの、マジで本棚の向こう……」

遠慮がちに会話に割って入った海里を、涼彦は眉間《みけん》に縦皺《たてじわ》を刻んで睨《にら》んだ。

「そう言うがな。見ろ。本棚には、天井から床まで、本が詰まってんだろうが。しかも、クソ頑丈そうな造りつけの本棚だぞ。向こうに壁以外、何があるってんだよ」

「ですよねー。つか、俺が言ってんじゃないんだけど」

海里は同意しつつ、小声で付け足す。すると、涼彦の不機嫌そうな眉《まゆ》が、ピクリと動いた。

「ロイドの奴が言うこととはいえ……」

「でも、自信あるっぽいっすよ？」

囁《ささや》き合う二人に、奈津とアカネは怪訝《けげん》そうな顔になった。

「ロイドさんの話題が、なんでここで出てくんのよ」

「ロイドさん？　誰ですか？」

「ああいや、こっちの話。つか、見たとこすげえ古そうな本ばっか入ってますけど、これ、西原さんの？」

海里が何げなく話題を変えると、アカネはかぶりを振った。

「いいえ、これも全部、前の人のです。私が持って来た本は、アトリエの本棚に入れました。ここの本、不動産屋さんは処分しますよって言ってくれたけど、画集や写真集が多そうだったから、そのままにして貰いました。引っ越しの片付けに忙しくて、まだ一冊も見られてないですけど」

「前の……」

海里は軽く考え込んだが、涼彦は苛《いら》ついた様子で、床をつま先で叩《たた》きながら、やはり腕組みで本棚を眺め回した。

「本が誰のものであろうと、この際関係な……」

「先生、はい！」

だが、そこで本物の学生のように手を挙げ、会話に入って来たのは、奈津だった。

涼彦は腕組みを解かず、面倒臭そうに応じる。

「誰が先生だ。というか、何だよ？」

すると奈津は、自分の足元を指さした。

「本棚で思い出したんだけどね。さっきベッドにずっと座ってたでしょ。西原さんはエアコンをつけてくれてたけど、足元が凄く冷えちゃって」

「冷え性自慢か？」

「違います。もう、仁木君は、賢そうな顔に似合わず、わりと脳筋よね」

「な……！」

言い返そうとする涼彦を無視して、奈津はこう続けた。

「勿論《もちろん》、エアコンの温風は上のほうに溜《た》まりやすいから、そのせいもあるのよ。だけど、じっとしてると、微《かす》かに隙間風が吹いてくるのに気が付いたの。しかも……本棚のほうから」

そこでようやく奈津の意図に気づき、涼彦はハッとした様子で腕組みを解いた。

「風が来るってことは、マジでこのでかい本棚の向こうに、空間があるってことか⁉」

奈津は目の前の本の背を指先でさらっと撫《な》でた。

「その可能性はあると思う。ほら、どの本の上にも、埃《ほこり》が積もってる。前の住人が亡くなってから、誰も触ってないってことよね。何か、不動産屋さんが知らない仕掛けがあっても、不思議はないわよ」

「あんたは鑑識員かよ」

今度は賞賛を込めた口調でそう言うと、涼彦はアカネを見た。アカネも、どこかワクワクした顔で「はい！」と頷く。

「よし、ここで朝まで突っ立ってるよかマシだろ。本棚から、本を抜いてみよう」

「了解！」

海里は敬礼の真似事をして、目の前にある本をずぼっと抜いてみた。たちまち、奈津が言うように埃が舞い上がる。

「どれどれ」

本を抜き出したあとを覗《のぞ》き込んだ海里は、失望の声を上げた。本棚の壁際は、板張りになっている。特に、何かが見えるというわけではなかった。

「ちぇ。一冊抜いたくらいじゃ、わかんないか。みんなでじゃんじゃん抜きますか！」

そんな海里の言葉を合図に、他の三人も本棚の前に立ち、思い思いに本を抜き、床に積み始める。

黙々とその作業を続けるうち、あっと声を上げたのは、本棚の、枕元側の端っこにいた奈津だった。

「どうした？」

すぐに涼彦が、奈津の元に歩み寄る。すると奈津は、自分が本を抜き取ったばかりの、腰の高さにある段を指さした。

「ほら、奥を見て。他のところはただの板なのに、この段だけ違う。壁の中に、閂《かんぬき》みたいなものが埋め込んであるわ」

アカネと海里も、

「閂だと？　ああ、確かにあるな」

腰を屈《かが》め、本棚の奥を覗き込んだ涼彦は、興味深そうに言った。アカネと海里も、涼彦の背後から、それを確かめる。

「開けてみようかしら」

「よせ、そういうことは俺がやる。……むむ。前の住人は、左利きか？」

まったく物怖《ものお》じしない奈津をむしろ呆《あき》れ顔で横へ押しやり、涼彦は少し考えてから、左手を本棚の奥に突っ込んだ。

「……っ、と」

手に力を入れて、閂を動かそうとしているのが、表情と、シャツの下で腕の筋肉が動くことからわかる。

金属どうしが触れ合って発する耳障りな音の後、ガチャンと鋭い音がして、涼彦がバランスを崩す。

転んで尻餅《しりもち》をつきそうになるその動きにつれて、壁が、いや、壁一面を占める本棚の一部が、ゆっくりと海里たちのほうへ動いた。

「わあっ!?」

海里は慌ててアカネを自分の背中に庇《かば》い、奈津は両手で本棚の動きを止めた。

「仁木君、早く手を離しなさいよ！」

「離したいのは山々だが、シャツの袖《そで》が閂に引っかかったんだ。ちょっと待て」

奈津と言い合いをしながらも、どうにか体勢を立て直した涼彦は、右手も突っ込んで、閂の金具に引っかかったシャツの袖をどうにか救出した。

それから、錆《さび》だらけになってしまった袖を払い、奈津が押さえている本棚をしげしげと眺めた。

「こんなのは、スパイ映画だけの話だと思ってたんだが……まさか実在するとはな」

他の三人も、驚きの表情を浮かべている。

巨大な本棚の一部は、まさかの「隠し扉」だったのだ。本棚の三分の一ほどが、普通のものより少し小さめの扉として、手前に開くようになっている。

「開けんの？　仁木さん」

海里が問いかけると、涼彦は渋い顔で振り返った。

「そりゃお前、ここまでやって、開けないで済ませるって法はねえだろ」

「だけどさ……さっき、女の子、って西原さんは言ったんだぞ。俺たちが聞いた声も、女の子の声だった」

「それが？」

「こんな秘密の空間に、リアル女の子が……生きた人間が、いると思う？」

「……ッ」

不穏な指摘に、アカネは思わず声にならない悲鳴を上げ、海里の腕にしがみつく。

さすがの奈津も、ギョッとした顔で一歩下がったが、そこは獣医である。犬のように鼻をうごめかせたと思うと、こう言い放った。

「だけど、腐臭はしないわよ。少なくとも現在進行形で腐ってるものは、この本棚の向こうにはないわ」

「……奈津さん、メンタル頑丈過ぎ」

呆れ顔の海里をよそに、奈津はちょっと芝居がかった手つきで、涼彦に隠し扉を開けるよう促した。

「じゃあ、開けゴマも仁木君がどうぞ。あなたの領域でしょ？」

「中にいるのが『生きた人間』じゃなかった場合は、たぶん俺じゃなく、刑事課の領域になるだろうけどな。まあいい。とにかくみんな、いいと言うまで離れてろ」

ぶっきらぼうに言い返し、それでも涼彦は厳しい顔つきでくだんのペンライトを構えると、薄く開きかかった本棚の縁に手を掛けた。

そして、隠し扉を自分の身体の幅だけ慎重に開け、その向こう側を確かめる。

だが、本棚の向こうから聞こえてきた涼彦の声は、「何だこりゃ」という間の抜けたものであった。

どうやら、刑事課の担当になりそうな成り行きではないらしい。

「仁木さん、何があんのさ？」

待ちきれず訊《たず》ねる海里に、涼彦は顔だけ出して簡素に答えた。

「西原さんが言うとおりの奴がいる」

「奴⁉　えっ、まさか人⁉」

「人……的な奴だな」

「は？」

「まあ、危険性はなさそうだ。見てくれ」

どこか投げやりにそう言うと、涼彦は隠し扉を大きく開けた。内部を、ライトで明るく照らしてみせる。

三人は、恐る恐る、その奥を覗き込んだ。次の瞬間、三人ともの口から、「えっ？」という声がほぼ同時に上がる。

本棚の奥にあるのは、実に小さな空間だった。

天井は低く、奥行きも狭く、膝《ひざ》を抱えた成人男性が、ようやくはまりこむ程度の広さである。

だが、壁面は、他の壁と同じく漆喰《しっくい》で仕上げてあり、しかも、他の家具と同じく重厚な木工細工、しかも子供用よりさらに小さなサイズの椅子とテーブルが置かれている。

テーブルの上には、これまた小さなティーカップとソーサー。カップの底には、何か黒っぽいものがこびりついている。

そして、埃《ほこり》と黴《かび》にまみれてはいるが、おそらくはビスケットかクッキーらしきものが、ソーサーに一枚置かれていた。

それより何より、椅子に座っているのは、確かに、「白いドレスの少女」だった。アカネが夢で見たという姿にそっくりだ。

薄い栗色の豊かな髪は、緩やかに波打ちながら胸のあたりまで垂れている。

頭のてっぺんには、おそらくは純白だったであろう、今は埃でうっすら灰色がかった大きなリボンが飾られていた。

また、少女が身に纏《まと》っているのは、花嫁衣装もかくやというふんだんにレースを使った純白のドレスだ。

残念ながらドレスのあちこちにも埃がつき、裾《すそ》には蜘蛛《くも》の巣まで付着しているが、それでも、豪奢《ごうしゃ》な美しさは損なえるものではない。

ただ、そのドレスを纏っているのは、「生きた人」でも「死んだ人」でもなく、大きな人形だった。

印象としては、ジュモーに代表されるビスクドールに近い。大きさは三歳児ほどもあり、まるで生きているようなリアルな造りである。

茶色い目はぱっちりとしていて、薄く開いた小さな唇は、今にも本当に喋《しゃべ》り出しそうだ。レースが幾重にも重なった袖口《そでぐち》から覗く小さな手は、ふっくらしていていかにも子供らしく、愛らしい。

まだ海里にしがみついたままのアカネは、掠《かす》れた声を出した。

「お人形……でも、きっと、夢で見たのはこの子です。顔はよくわからないけど、たぶんこのドレスだった」

「マジで？　じゃあ、人形が喋ってたってこと？」

海里の推論を肯定するように、またロイドがぴょこんと跳ねる。おそらく本人は、喋りたくて喋りたくて、ウズウズしていることだろう。

自由に動かせるほうの手で、ロイドを宥《なだ》めるようにポケットに軽く触れてから、海里は人形の顔をまじまじと見た。

そこでようやく気付いたのだが、人形の顔や手は、ビスクドールのような陶器ではなかった。

肌に、ごくわずかに繊細な木目が見える。それは、元から白っぽい木材を彫刻し、丹念にサンドペーパーで磨き上げた、木彫の人形だったのである。

それに海里とほぼ同じタイミングで気付いたアカネは、恐怖を忘れたように、海里の腕から手を離した。そして、膝を隠し部屋に突っ込むようにして床に座り込み、人形の顔を放心したような顔で見つめる。

「凄《すご》い……！　なんて見事な細工なの」

海里は、ふと気付いて「ああ」と言った。

「そっか、西原さんも木を削る仕事をしてるから、わかるんだ。これ、やっぱ木製ですよね？」

アカネは激しく頷《うなず》き、涼彦からペンライトを受け取ると、人形の顔を子細に照らして観察した。その顔からは恐怖の色は拭《ぬぐ》ったように消え、ただ、興奮が充ち満ちている。

素晴らしい作品に出会った瞬間、アーティストの血が沸騰してしまったらしい。

「こんなに滑らかな彫り、見たことがない。塗りは、本当に薄く施してあるだけだわ。目は……そうか、昔の仏像と同じように、たぶん、水晶の板を入れ込んであるのね」

「板？　ガラス玉じゃなくて？」

海里も、ついアカネの熱気につられて、横にしゃがみ込む。アカネは、ペンライトを人形の顔に向けた。

「フランス人形とかとはちょっと違う、クラシックな技法なんです。ほら、よく見て。瞳《ひとみ》や虹彩《こうさい》の線が、裏から水晶の板に描かれてるでしょう？　虹彩の茶色も、裏から塗ってあります。白目は、たぶん裏から綿を当ててあるんじゃないかな。こういうの、玉眼っていうんですよ」

それを聞いて、涼彦は胡乱《うろん》げな面持ちになる。

「裏から水晶の板を当てられるってことは、こいつの頭の中は……」

「がらんどう、ですね、たぶん。内刳《うちぐ》りが施されてると思いますよ」

「頭ががらんどうなのに、喋るのかね？」

「だって、そうとしか思えないんだから、仕方ないでしょう。声を聞いちゃったんだし、この部屋にまだ隠し部屋があって、他に喋りそうな子がいるとでも？　それに、西原さんは、夢の中でこの子を見てるのよ？」

疑《うたぐ》り深そうな涼彦を、奈津はツケツケと叱りつける。涼彦は、むしろ意外そうに奈津を見た。

「人形が喋るって、あんた、信じるのか？」

奈津は、海里とアカネを見下ろし、肩を竦《すく》めて答える。

「目の前で起こってることは、どんなに不思議でも信じるしかないでしょ？　こんなに手の込んだ嘘をつく馬鹿はいないわ」

「……そりゃそうだ。さすが一憲の嫁さん、明快だな」

そう言うと、涼彦は海里を押しのけ、人形の前に片膝をついた。そして、物言わぬ人形に向かって、顰《しか》めっ面で声を掛ける。

「お前が、さっき俺たちに言ったのか？　『話の続きを聞かせろ』とか何とか。それはどういうこった？　ハッキリ教えてくれないと、こっちも動けんぞ。根こそぎ、さらっと吐けよ」

「ちょっと。あの人、人形に事情聴取を始めたわよ」

呆《あき》れ顔で、奈津は立ち上がった海里に囁《ささや》く。海里も、何とも言えない顔つきで奈津に囁き返した。

「さすが、兄ちゃんの親友だな。変なとこで強者《つわもの》だ」

「まったくね。そんな質問をしたって、人形がはいはいって気持ち良く答えてくれるはずが」

しかし、奈津の言葉が終わらないうちに、四人の耳に、あのガラスのベルを鳴らすような声が響いた。

『おとうさん』

驚いて、涼彦はその場に今度こそ尻餅《しりもち》をつく。

「お、お父さん!?　待て、俺はお前のお父さんなんかじゃ」

『おはなしのつづきが、ききたいの』

「……え？」

『ずうっと、ずうっと、まってるのに。みのりは、どうなったの？』

「みのり？　人の名か？」

床に無様に尻を付けたままで、それでも涼彦は、外見上は何の変化も見せない人形に問いかけを続ける。

海里は、こっそり廊下に出て、ポケットから眼鏡を引っ張り出した。そして、小声で問いかける。

「なあ。やっぱりあれ、人形が喋ってるんだよな？　あの人形、お前と同じように」

『はい、付喪神《つくもがみ》でございますね。あの人形には、魂が宿っております。ただ、わたしのように動いたり、人の姿になったりするほどの力はないようでございますが』

さりげなく自慢を取り混ぜつつ、ロイドは即答する。海里は、なおも問いを重ねた。

「声だけか。じゃあ、何か西原さんに危害を加えるとか、そういう恐れは」

『ございませんね。あの人形は、人間から深く慈しまれて魂を持ち、物語の続きをひたすらに聞きたがっている。それだけでございますよ』

「それだけって……。物語ってのは？」

『それは、わたしにも何とも。ですがおそらく、この家の前の住人が、あの人形の言う「おとうさん」なのでございましょう。そして、その方が、人形に物語を聞かせていたところが、何らかの事情で、途中で止まってしまったのでしょうなあ』

「だから、この家に越してきた西原さんに、物語の続きを聞かせろってせがんでたのか、あのちっちゃい隠し部屋から」

『あの人形が求めておりますのは、ただそれだけ。物語の結末さえ知ることができれば、思いを遂げ、ただの人形に戻りましょう』

ロイドの説明を聞き、大まかな事情は理解した海里だったが、その顔には新たな戸惑いが生じている。

「んなこと言ったって、具体的に、物語って何だよ。桃太郎か何かか？」

『はて、それは』

「わかんねえよな。……くそ、一難去ってまた一難ってわけか」

顰め面でそう呟《つぶや》いて、海里はロイドをポケットに戻し、ごくさりげなく寝室へ戻ったのだった。

＊　＊

ひとまず人形を寝室に残し、一同はアトリエに集まった。

それぞれ手近な椅子に腰を下ろし、動揺した気持ちを落ち着けようとするが、それがなかなかに難しいことは、それぞれの表情を見れば明らかだった。

「と……とにかくさ。さっき、コーヒー淹《い》れ損ねたから、そっから再開しませんか？

コーヒー飲んで、一息ついて、話はそれから」

「あ……じゃあ、行ってきます」

「俺も手伝います」

そう言って、海里はアカネと連れ立ってもう一度、キッチンに向かった。

ヤカンの中の湯は、まだ温かい。それを再び火にかけ、アカネは今度こそ、カップ一杯ずつ淹れられるドリップコーヒーのパックを取り出した。

海里はそれを眺めつつ、ふとみぞおちに手を当てる。

「そういや、ちょっと小腹が空《す》いたかも。西原さんは？」

色々と話して、海里にもずいぶん打ち解けた気分になったのか、アカネは照れ笑いで頷いた。

「少し。いつもはそろそろ寝支度をするんですけど、今夜は眠れそうにないから」

「ですよね。きっと、仁木さんと奈津さんもそうだろな。……あの、キッチンを人に使われるのが嫌じゃなければ、俺、何か作りますよ」

「えっ？」

意外そうに目を見開くアカネに、海里はちょっと得意げに自分を指さした。

「ほら、俺、今は定食屋勤務なんで。まだ、何でも作らせてもらうってわけにはいかないですけど、まかないはほとんど、俺担当っすよ」

「……ホントに、いいんですか？」

「みんなの分を作ってもよければ」

「それは、勿論《もちろん》。わあ……」

半分、魂の抜けたような声を出したアカネに、海里は少し心配そうに念を押す。

「マジで、嫌なら言ってくださいよ。その『わあ』ってのは？」

するとアカネは、笑みを深くして、まだ右手首に嵌《は》めたままだったリストバンドを指さした。

「これを嵌めて、劇場に通ってた頃の自分に、『将来、お前はナオトの中の人に夜食を作ってもらえるんだぞ』って教えたいなって。きっと、信じないだろうけど。……だから……お夜食、嬉《うれ》しいです。お願いします」

「かしこまりました」

いかにも舞台役者らしく恭しく一礼すると、「では失礼」と海里は冷蔵庫を開けた。

「ごめんなさい。大したものは、入ってないです」

アカネは恥ずかしそうに謝る。

確かに、冷蔵庫の中には、調味料やチーズ、バターや卵といったベーシックなものしか入っていなかった。

続けて開けた野菜室には、葱《ねぎ》やレタス、トマトと茸《きのこ》類が少々といったところだ。

（わあ、こりゃガチで大したもんはねえな）

軽く閉口しつつもそれを口には出さず、海里は笑顔で言葉を返した。

「そっか。山の上じゃ、近くにスーパーなんてないですよね。車は？」

「免許、ないんです。だから、買い物はバスで山を下りなきゃいけなくて」

「わお。わざわざ、食料を詰めた袋を提げて、バスに？」

「ええ。大変なので、ベーシックな食材は毎週、コープさんに持って来てもらうんです」

「ああ、なるほど。個配っすか」

海里は訳知り顔で頷《うなず》いた。そういえば、コープ、もとい消費生活協同組合のマーク入りの製品が、冷蔵庫のそこここに見られる。

「じゃあ、冷凍食品とかも？」

「けっこう、あります。作業の途中でも、簡単に食べられるから」

「なるほどね」

海里は遠慮なく、フリーザーも開けてみた。

そのままレンジ加熱すれば食べられる食品が、あれこれ入っている。だが、料理修業中の自分が出来合のものを利用してお茶を濁すのは、どうにも業腹だ。

（どうしよっかな。……あ）

ガサガサと中身を漁《あさ》っていると、炊いたご飯を小分けにして冷凍したパックが、いくつか出てきた。

「冷凍ご飯めっけ。これで何とかなる」

そう言って、海里はニッと笑った。アカネは、やけに嬉しそうな海里を見て、むしろ意外そうに言った。

「何とか？　冷やご飯だけで？」

「まあ、あとは他のものをちょろっと使うってことで。レンジ借りまーす」

他人のキッチンでも、簡単な調理なら、さほど戸惑うことはない。海里はさっそく冷やご飯を電子レンジに入れ、加熱を開始した。

一方で、まな板と包丁を借り、切れ味の悪さに内心閉口しつつも、青ネギを少し刻む。そして、フライパンで白ごまを軽く香りが出るまで炒《い》った。

「何、作ってくれるんですか？」

アカネは興味津々で訊《たず》ねてきたが、海里は笑って「ヒミツ」といなした。

さらに、冷蔵庫にあった調味料を総動員し、小さなボウルに、味噌《みそ》と味醂《みりん》と日本酒を混ぜ合わせた。味見をして、ほんの少しだけ砂糖を追加する。

ピーッ！　ピーッ！　ピーッ！

だいたいの準備が終わったところで、タイミングよく電子レンジが軽快な音を立て、加熱終了を知らせた。

「よっしゃ。ふー、あちあち」

そう言いながら、大きなボウルにご飯をすべて放り込んだ海里は、炒りたての胡麻《ごま》を、上からまんべんなく振りかけた。

そして、無精に蛇口から直接手水《てみず》を取ると、おにぎりを作り始めた。

「わあ、綺麗《きれい》な形。私、残ったご飯をおにぎりにしようとしても、いつも不恰好《ぶかっこう》になっちゃって困るのに」

見事な三角形に整えられた小振りなおにぎりを見て、アカネは感心したような声を上げる。海里は、笑ってかぶりを振った。

「今夜はこっから加工するから、固く握って形も整えてますけど、そのまま食べるときは、柔らかく丸っこく握ったほうが、美味《おい》しいと思いますよ。俺もそうします」

「不恰好でも？」

「不恰好なほうが、いかにも手作りって感じがして、俺は好きですけどね」

「へえ……」

海里の口から出た「好き」という言葉に何故か少し照れた様子で、アカネはフフッと笑う。

だが、幸か不幸か、料理に意識が集中していた海里には、それに気付く余裕がなかった。次から次へと手早く、手のひらを真っ赤にしておにぎりを作り、それを片っ端から、フライパンの上に並べていく。

「焼きおにぎり？　だけど、ああいうのって、焼き網で作るんじゃ？　魚焼き用のグリルとか」

「そんなもん使ったら、網に調味料や米が焦げ付いて、掃除が超めんどくさいでしょ。だから、フライパン調理っす」

「油も引かずに？」

「大丈夫、ありがたいことに、これはくっつかないフライパンだから。夜中だし、余分なカロリーは避けたいでしょう。米食うから、あんま意味はないかもしれないけど」

八個できたおにぎりをすべてフライパンに並べてから、海里はガスコンロの火を点《つ》けた。中火で、おにぎりの表面をじっくり焼き付けていく。

アカネは、沸いた湯でコーヒーを淹《い》れようとして、ハッと手を止めた。

「あ。焼きおにぎりだったら、コーヒーより、ほうじ茶のほうがいいですよね？」

海里も、あっと小さな声を出す。

「そういや、そうでした。すんません。また、コーヒー挫《ざ》折《せつ》っすね」

「たぶん、もう一度くらい挫折しそうです」

クスクス笑いながら、アカネはひとまずカップをしまい込み、真新しい湯《ゆ》呑《の》みと急《きゅう》須《す》を出してくる。

　人見知りが解けてわかったが、アカネは本来、よく笑う女性らしい。

　きっと、今のような笑顔で、舞台の上にいた自分を見ていてくれたのだろう。そう思うと、海里の胸が、チリッと切なさに疼《うず》く。

　それでも彼は、何も言わず、おにぎりの表面にこんがりした焼き色をつけた。

　アカネは急須にほうじ茶の茶葉と沸かし立ての湯を注ぎ、それからフライパンの中を覗《のぞ》き込んだ。

「味噌を塗るんですよね？　ハケ、版画用の、まだ使ってない奴ならありますけど」

　そんな斬新な提案に、海里は噴き出した。

「や、それは勿体《もったい》ないんで。大丈夫、そのまま流すから」

「流しちゃうんですか？」

「流しちゃうんです」

　こともなげに言い、海里は、さっき合わせた調味料の半分を、フライパンの脇から流し込み、素早く振った。

　ジュウッと音を立てて、調味料が沸き立ちつつ、おにぎりの表面をコーティングしていく。

　焦げた味噌のいい匂いが、キッチンに広がった。

「わあ……！　それでいいんだ。簡単」

「でしょ？　次は自分で試してみるといいっすよ」

「必ず作ります。……嬉しいな。私だけが知ってる、五十嵐カイリ君レシピ、ですね」

「俺はもうその名前じゃないけど、まあいいや。今だけ、サービスで復活しときます」

二人は顔を見合わせ、共犯者めいた笑みを交わした。

「……おっと、焦げちゃうな」

だが、すぐに海里はフライパンに視線を戻した。おにぎりを引っ繰り返し、反対側にも、残りの調味料をまぶしつける。

最後に、大皿に並べた焼きおにぎりの上に、半分は残しておいた胡麻を、もう半分には刻んだ青ネギを載せて、焼きおにぎりの完成である。

ボウルとフライパンをざっと洗い、片付けも瞬時に終わらせてしまうと、海里とアカネはそれぞれ、おにぎりの大皿と、湯呑みの載ったトレイを手に、キッチンを出た。

すると……アトリエのほうから、涼彦と奈津が何やら言い合う声が聞こえてくる。

しかも、ガタガタと物音まで。

「まさか……お二人が、ケンカ？」

「いや、まさかでしょ。兄貴の奥さんと兄貴の友達がケンカとか、ワイドショー的地獄絵図だし」

そう言いつつも、海里は足早にアトリエへ向かう。

「ちょ、何やってんだよ？」

そう言いながら、先にアトリエに駆けつけた海里は、目をまん丸にして入り口で立ち止まった。背後から追いついたアカネも、室内を見て、間の抜けた声を出す。

幸い、涼彦と奈津は、言い争っていたわけではなかった。殴り合っていたわけでもない。

だが、二人は部屋の真ん中にあの大きな脚立を持ち出し、屋根裏部屋への出入り口を開け放っていた。

脚立を支えているのは奈津だが、涼彦の姿が見えない……と思うと、出入り口から、涼彦の足がニュッと出た。

そして、木箱を抱えて、涼彦が降りてくる。

見れば、奈津の足元には、既にみかん箱サイズの木箱がいくつも積み上がっていた。

「マジで何やってんの？」

屋根裏から落ちてきた埃《ほこり》がつかないよう、アカネの作業台の上、屋根裏から十分離れた場所に焼きおにぎりの皿を置き、海里は二人に歩み寄った。アカネも、それに倣う。

「いや、待ってる間に、二人で相談してな」

「何をさ?」

首を捻《ひね》る海里に、涼彦は当たり前のように言った。

「あの人形が声の主だと考えざるをえない以上、西原さんの望みどおり、あいつを黙らせるには、『おはなしのつづき』とやらを聞かせるしかねえんだろうなって」

海里は、驚いて涼彦の埃だらけの顰《しか》めっ面を見た。

「すげえ。俺が何も言わなくても、その結論に達しちゃったんだ?」

「弟、お前、自分がどんだけ賢いと思ってんだよ。俺だって、そのくらいは考える」

「っていうか、そう言ったの、私なんだけどね」

涼彦が自分の頭に落とした埃を鬱陶《うっとう》しそうに払いながら、奈津がすかさず真実を明かす。

「うるさいな。俺も同じことを考えてたって。あんたが先に言っただけで」

「はいはい。とにかくそう考えると、『お話』が何だったかを突き止めなきゃいけないし、そのためには、前の住人がどんな人だったかを知ることが不可欠でしょ?」

「ですよね。私も、お茶を淹れながらそう思ってました。もっと、不動産屋さんからよく聞いておけばよかったって、後悔してたんです」

アカネも、心強そうに奈津に同意する。奈津は、また、ちょっと低めの鼻をうごめかせた。

「お茶……コーヒーじゃなくて？　っていうか、すっごくいい匂いがする！」

「へへー、俺がいるのに、夜食を出さないって選択肢はないでしょ。焼きおにぎり作ったから、まずは食べようよ」

「おう、そりゃいいな。ちょっと、手を洗ってくる。屋根裏に上がったら、埃人間みたいになっちまった」

「私も！」

「あっ、洗面所は、ここを出てすぐ右です」

アカネに場所を教わり、涼彦も奈津も、大急ぎで手を洗って戻ってくる。

一同は、海里お手製の焼きおにぎりを頬張り、アカネが淹れた香りのいいほうじ茶を飲んで、一息入れることにした。

時刻はもう、午前二時になろうとしている。

「深夜に食べる炭水化物って、罪の味が加算されて、最高」

そう言いながら、さしたる罪悪感もなさそうに、奈津は大きな口を開け、焼きおにぎりに齧《かじ》りついた。

「味噌《みそ》かあ。冷凍食品じゃない焼きおにぎりを食べたのは、久しぶり。やっぱ、美味《おい》しいわ。こんなものでもプロの味ね、海里君」

「ホントに美味しいです。うちにあったものだけで作ったなんて、信じられないくらい」

素直に褒めてくれる奈津とアカネに、海里は気をよくして照れ笑いする。片手を不自然に胸に当てているのは、お相伴できないロイドが、文字どおり眼鏡姿で地団駄を踏んでいるからだ。

ただひとり、無言でおにぎりをもぐもぐ食べている涼彦に、海里は調子に乗って感想を求めた。

「仁木さんは？　旨《うま》くね？」

すると、どこかぼんやりしていた涼彦は、ふと我に返った様子で、「旨い」と言った。海里は、疑わしげに、そんな涼彦を横目に見る。

「マジで？　口に合わなかったら、そう言っていいよ？　あんまり、旨そうな顔してなかった」

だが涼彦は、真顔でそれを否定した。

「いや。本当に旨い。ただ、やっぱり兄弟だなと」

「は？　なんでここで兄貴が出てくんの？」

迷惑そうに眉根《まゆね》を寄せる海里に、涼彦は食べかけの焼きおにぎりを指さして言った。

「高二の夏休みだったな。サッカー部の合宿中、お前の兄貴と二人、深夜までフォーメーションについて話し合って、すっかり腹が減っちまったんだ。合宿所の台所に忍び込んだけど、さすがに翌日分の食材に手をつけるのは気が引けて……そのとき、夜の残りご飯を見つけた一憲が、手早くおにぎりを作って、トースターで焼いて、醬油《しょうゆ》をつけて焼きおにぎりを作ってくれたことがあったのを思い出してた」

海里は、自分が知らない兄の昔話を聞いて、興味深そうに身を乗り出す。

「へえ、兄ちゃんが！」

「おう。まあ、お前のと違って、おにぎりがでか過ぎて中はヒエヒエで味がないし、翌朝、トースターを汚したことが調理のおばさんたちにバレて、結局怒られたけどな」

自分に対しては絶対君主のように振る舞っていた兄が、エプロン姿のおばさんたちに叱られ、大きな身体をしょんぼり小さくしているところを想像すると、海里は無闇に可笑《おか》しくなってしまう。

それと同時に、父の死以来、海里の父親代わりとして、早く大人びざるを得なかった兄が、年相応のやんちゃをしていた事実が、海里には無性に嬉《うれ》しい。

「きい、悔しい。私、そんなの作って貰《もら》ったことないし！　今度、おねだりしちゃおうっと」

奈津はそう言って、あっけらかんと笑った。涼彦も「今ならもっと上手に作るだろ、あいつも」と応じる。

なるほど、これがひとりの男を挟んだ男女の間に成立した友情か……と、妙に感慨深く思いながら、海里はおにぎりの残りを口に放り込んだ。

夜食の後、涼彦は早速、残りの木箱を屋根裏部屋から運び出す作業を再開した。

涼彦が出入り口まで箱を運び、それを途中まで脚立に上った海里が受け取って下ろすという方式にしたため、残りの五箱は速やかに床に積み上がった。

「あのう……その箱を、どうするんですか？」

不思議そうに訊《たず》ねるアカネに、涼彦は簡潔に説明する。

「正直に言いますが、これはもう、警察が取り扱うべき案件じゃありません」

「それは……そう、ですよね」

「はい。ですので、やむを得ず、ここからは、あなたの知己という立場で、解決に協力することになります。それは、構いませんか？」

アカネは、戸惑いながら言い返す。

「それは、とてもありがたいですけど……刑事さんこそ、いいんですか？」

「よくはないですが、途中下船は、どうも性に合わないので。それに、俺が巻き込んだこいつらが、俺が降りるからといって、一緒に降りるとは思えないんでね。……だろ？」

水を向けられ、奈津と海里は同時に「当たり前」と即答する。

「ということで。必要なら、無理矢理休暇を取りますよ。ちょっと前に大きな怪我をしたんで、今ならまだ、突発的な体調不良って言い訳が通る」

そんな不心得な発言をして、涼彦はシニカルな笑みを見せる。

「……ありがとうございます！　あの、本当に、皆さん」

感動するアカネをよそに、海里はパチリと指を鳴らした。

「読めた！　そうなると、警察官として前の住人のことを調べたら、職権濫用になっちゃう。だから、前の住人が残していったアイテムから、身元を探ろうってことでしょ。違う？」

涼彦は、素直に驚いた顔で頷《うなず》く。

「ほう。さすが一憲が育てた弟だな。思ったより賢いぞ、お前」

「……すべてにおいて、兄ちゃんを持ち上げるのはやめてくれよな。つか、そういうことなら、みんなでいっちょ頑張りますか」

「おう」

涼彦は、釘《くぎ》打たれた木箱の蓋《ふた》をバールで片っ端から開けていく。

海里は、開いた箱を、奈津の前に運んだ。

「じゃあ、奈津さんはノートがいっぱい入ってるっぽいこれを。俺は、とびきり古そうな奴をやっつけようかな」

「オッケー」

奈津は椅子に腰掛け、さっそく、中身を改め始める。

「じゃあ、私は……どうすれば？」

アカネは、ちょっともじもじして、海里に訊ねた。

自分の個人的な問題に、刑事の職分を超えて涼彦に協力させてしまっていることにも、さらに無関係な海里と奈津にまで付き合わせていることにも、後ろめたさを感じているのだろう。

しかし、自分ひとりではどうにもならないので、やはり助けてほしい。

アカネの複雑な面持ちと、眼鏡の奥で揺れる瞳《ひとみ》から、そんな葛藤《かっとう》が見てとれる。

それがわかるだけに、海里はわざと明るくこう言った。

「西原さんは、今度こそ俺たちに、コーヒーを淹《い》れてください。まだまだ長丁場になりそうだから、駄目押しで気合いを入れとかないと」

海里の笑顔に背中を押され、アカネもようやく安堵《あんど》の表情になった。

「二度あることは三度ある、じゃなくて、三度目の正直ですね。わかりました！」

そう言うと、彼女は軽い足取りでキッチンへと戻っていった……。

五章　終わらない物語

「はあ〜。お前もロイドも、土曜の夜に出て行ったきり日曜の夜まで戻らんわ、戻ってきたら布団に倒れ込んで今までぐうぐう爆睡しとるわで、何があったんかと思うたら、そない盛りだくさんやったんか！」

夏神の呆《あき》れ返った声が「ばんめし屋」の店内に響いたのは、月曜の午後のことである。

「面目ない。マジでごめんな、疲労困憊《こんぱい》モードだったんだよ」

大きなタケノコの皮をむしりながら、海里は夏神に謝った。

「わたしも、まことに申し訳ないことで。あの場では人の姿になるわけにゆかず、海里様のポケットの中でずっと歯痒《はがゆ》き思いをしておりましたゆえ、疲れ果ててしまいました」

ロイドは、大好きな作業である茹《ゆ》でた蕗《ふき》の筋取りをせっせとしながら、やはり夏神に詫《わ》びる。

海里が皮を剝《む》き終えたタケノコを、夏神は生のまま適当な大きさに切り分けながら、人のいい笑みを浮かべた。

「事情を聞いたら、ようわかった。そら、二人とも疲れ果てるわ。えらいことやったな。……せやけど、その版画家さんの家の前の住人、どないな人かわかったんか？」

海里は大量のタケノコの皮をシンクの中に積み上げながら答える。

「うん。屋根裏から出した箱の中に、個展の目録やら手紙やら日記やら写真やら、いっぱい見つかってさ。それを四人で調べるだけで、日曜の夜までかかっちゃったんだけど、おかげで色々わかった」

「へえ」

「前の住人……ええと名前なんだっけ、ロイド？　確か、須貝《すかい》……」

「須貝正人《まさと》様、ですよ」

指を蕗の筋だらけにしたロイドは、淀《よど》みなく答える。

「ああ、それそれ。かっこいい名前だよな。六年前に、七十二歳で亡くなったんだけど、ウィキペディアにページがあるほど、その筋では有名な人形作家だったみたい」

夏神は、水を張って火にかけた大鍋《おおなべ》に、切ったタケノコを片っ端から放り込みながら、「ほお」と感心しきりの声を出した。

「木版画家の前の住人が、人形作家か。普通に生きとったら、なかなか出会われへん職業やな、どっちも。まあ、お前もそやけど」

海里も笑って言い返した。

「元芸能人はけっこういるだろ。でもまあ、木版画家と人形作家は同意だな。それもさ、どっちもキャラ立ってるんだよね」

「……本人がか？」

「や、本人のことはそこまで詳しくないから、作品のこと。西原さんは茜音って名前で木版画を作ってるんだけど、モチーフが全部、『青の世界』っつって、とにかく真っ青なんだって。まあそれが、あの人が見てる夢の世界なわけだけどさ。そのブルーがすげえ綺麗《きれい》だから、熱狂的なファンがいるらしい」

夏神は、以前に茹でたものからよけておいたタケノコの穂先と姫皮を、薄くスライスし始める。

「ほう。テーマが一つっちゅうのは凄《すご》いな」

「今、手元に作品がないからって、図録を見せてもらったけど、確かにすげえ綺麗だったよ。で、須貝さんのほうは、寡作っていうの？　作品数が少ないんだけど、木彫で生きてるみたいにリアルな人形とか木像とかを作るってんで、これまたコアなファンがいたっぽい」

「生き人形か。お前らが見てきた女の子の人形も、よっぽどリアルやったんやろな」

夏神がそう言うと、ロイドはホラー映画のゾンビのような、蕗の筋だらけの手を上げて力説した。

「それはもう！　魂が宿るのも無理からぬことでございましたよ。今にも笑い声を上げそうな、幸せそうな顔の幼子で……生前のお姿に生き写しでございました」

「生前の姿？　生き写し？　ほな……」

ロイドは痛ましげに頷き、海里も気の毒そうに目を伏せた。

「なんかさ、悪いとは思ったけど、日記がいっぱい残ってたから、読んだわけ。若い頃のは飛び飛びなんだけど、四十六歳で奥池に越してくるあたりからは、毎日書いてんだ。最後の一冊は、寝室の本棚にあった。倒れて入院する前の日まで、ちゃーんと書いてあったよ」

「おう。ほんで？」

「日記と個展のプロフィールとか、ネットで検索した情報とかを合わせると、美大在学中に人形作家デビューして、そっからそれ一本なんだよね。神戸生まれ神戸育ちで、ずっと独身」

夏神は、訝《いぶか》しげに太い眉《まゆ》をひそめた。

「独身？　せやけど今、女の子の人形は、生前の姿云々て言わんかったか、ロイドが」

「そうなんだ。奥池に土地を買って、ほぼＤＩＹで家を建てて引っ越すことにした理由は、交通事故で妹夫婦が亡くなって、奇跡的に助かった当時三歳の娘さんを養女に迎えたことなんだよね。日記を毎日つけ始めたのも、それがきっかけだったみたい」

「三歳で両親を亡くすとは、そらまた気の毒なこっちゃなあ」

海里は皮を剝き終えたタケノコを夏神に渡して、同意する。

「ホントにな。だからこそ、須貝さんの愛情もひとしおだったんだろうな。その娘さんの名前が、『みのり』ちゃんなんだけど、彼女を伸びやかに育てたいって一心で、自然が豊かな奥池に引っ越したって日記に書いてあった。そっからはもう、日記の中心は、いつだってみのりちゃんだ。ほとんど育児日記だったな」

「そらそやろ。妹さんの忘れ形見やったら、余計に可愛かったやろな。……せやけど、生前、か」

「ん……その辺はもう、日記を読みながら奈津さんも西原さんも涙ぐんでたな。七歳のときに小児癌に罹《かか》って、二年後に亡くなった。日記には、娘の病状と、異状に早く気付いてやれなかった自分を責める言葉ばっかりが並んでたよ。読んでる俺たちも、つらかった」

やるせない気持ちを散らすように、海里はタケノコの外側の固い皮を力任せにバリバリと破る。

ロイドはようやく手を洗い、筋を取り終えた蕗を、夏神の元に運んで口を開いた。

「悲しみのあまり、須貝様は、亡きみのり様に生き写しのお人形をお作りになったようです。それも、引き取られたときの、幼いお姿で」

「ただし、それに没頭したせいで、他の人形をまったく作らなくなってさ。生活が荒れて、財政が厳しくなっちゃったみたいなんだよね。で、自宅に置いてあった作品は、差し押さえで全部持っていかれた」

夏神は、洗ってザルに空け、置いてあった米を炊飯器に入れ、嘆息した。

「なるほど……。そんで、隠し部屋か。お嬢さん生き写しの人形だけは、誰にもとられへんように、隠し通したんやな」

「そ。まあ、その後は、見かねた裕福なファンのひとりがパトロンになってくれて、経済的には安定したみたいだけど、晩年まで、あんまり作品は作れなかったみたいだ。やっぱり、娘さんが生きる原動力みたいなものだったんだろうな」

「……そらそうや」

夏神はぽつりと一言そう言い、大きな口をギュッと引き結んだ。

誰よりも大切な人を亡くした夏神だけに、生涯、娘の死を克服できなかった須貝の胸中が、誰よりも理解できるのだろう。

炊飯器の中の米に調味料を量り入れ、水の代わりに昆布だけのあっさりした出汁《だし》を注ぎ、薄切りにしたタケノコの穂先と姫皮を入れる。タケノコご飯の準備をする夏神の流れるような手つきを見ながら、海里は話を再開した。

「それでさ。晩年、須貝さんは、娘に似せた人形を膝《ひざ》に載せて、毎晩、物語を聞かせてたらしいんだ。亡くなった娘さんとの思い出を、少しずつ」

「……うん」

鈍いながらも、夏神は相づちを打つ。それは、話を続けてもいいというサインでもあった。海里は、ホッとしてこう付け加える。

「それが、須貝さんが倒れて亡くなったことで、中断されてしまった。隠し部屋に入れたままだった人形のことも、俺たちが見つけるまで、誰も知らなかった」

「可哀想に、お人形さんはひとりぼっちで、『おとうさん』が、『おはなしのつづき』を聞かせてくれるのを待っていたんですねえ」

ロイドは、人形の境遇に同情して、そんなことを言う。

「亡くなった人形作家さんも、そら心残りやったやろな。本物の娘には先立たれ、娘そっくりの人形をひとりぼっちで置いていくことになってしもて」

夏神の言葉には、隠しきれない心の痛みが、そのまま滲《にじ》んでいた。

「なんか、ごめん」

思わずそう口走った海里の頭をポンと叩《たた》き、夏神は太い眉を八の字にして笑った。

「アホ。そう気ぃ使うなや。いたたまれんようになるやないか。……ほんで、そんだけわかったところで、どないするんや？」

そう問われた途端、海里はムッとした顔になり「そこだよ！」と声のトーンを上げた。

「は？　そこて、どこや？」

「だから、お話って奴！」

「おい、そない乱暴に皮剝《む》くな。姫皮がのうなってしまうやろが。お話が、何やて？」

夏神に叱られ、幾分丁寧に作業を続けながら、海里は憤懣《ふんまん》やるかたない表情でツケツケと答えた。

「その『お話』さえ最後まで聞かせて満足させてやりゃ、人形は唯一の目的を果たして大人しくなるだろうって話はまあわかるけど、それなら役者の領域だろうって、俺に丸投げされちゃったんだよね」

ロイドは、どこか自慢げに言葉を添える。

「何しろ、海里様は俳優でいらっしゃいますから！　我等より遥《はる》かに説得力と迫力のある『お話』を語って差し上げることがおできであろうと。仁木様の、素晴らしい判断でございます」

「なーにが、素晴らしい判断だよ。俺はもう、元俳優なの。おまけに役者ってのは、インプロでもない限り、脚本ありきで芝居をするんだよ」

「インプロ？　それは何や？」

「ああ、即興劇のこと。演出家からちょっとしたお題が出て、それに添って、みんなでその場判断の短い劇を作っていくっていうトレーニング法だよ」

「はー。そら難しそうや。確かにそれが得意やったら、他人様《ひとさま》の『お話』の続きも作れそうやけどな」

「俺は、そういうの、あんま得意じゃなかったんだ。つか、てめえで自由自在にハイレベルな物語を作れる役者なんて、そんなにたくさんはいないっつの。いたら、演出家になれるじゃん」

　ブックサとぼやき続ける海里に、夏神とロイドは顔を見合わせて苦笑いする。ロイドは、海里に見えない場所で、おどけた様子で肩を竦《すく》めてみせた。

「ほな、どないするんや？　確かに、その面子《メンツ》で人形に『お話』ができるんは、お前くらいやろ。お前がやらんかったら、人形はそのままずっと待つ羽目になるんと違《ちゃ》うんか。木版画家さんも、困ったままやろ？」

タケノコご飯の仕込みが終わった夏神は、諭すような口調でそう言いながら、海里の作業を手伝いにかかる。

　夏神と横並びでタケノコの皮をむしりながら、海里は膨れっ面で言い返した。

「仁木さんにも、同じようなこと言われた。確かに人形のことは何とかしてやりたいけど、俺、もう芝居は」

「せえへんのんか？」

夏神は、静かに問いかける。海里は、不愉快そうに整った顔を歪《ゆが》めた。

「せえへんのかって、俺はもう、芸能界を干されたんだし」

だが夏神は、海里に皆まで言わせず、やんわりとこう言った。

「前に、淡海先生が教えてる朗読教室の人らに、指導したて言うてたやないか」

「そりゃ、指導だろ。自分で芝居をやるつもりなんか……」

「ないのんか？ホンマに、全然、ミジンコほどもやりたい気持ちはないんか？」

「……それ、は」

「なあ、イガ」

作業の手を止め、夏神は海里の顔を覗《のぞ》き込んだ。海里は酷《ひど》く険しい表情をしていて、夏神のほうを見ようとしない。

「何だよ」

「前に言うとったやろ。ホンマは、役者を続けとる里中君が羨《うらや》ましかったて。こないだ里中君が来たとき、お前、ホンマに羨ましそうな顔で、話を聞いとったで」

「……んなこと、ねえし」

ムスッと黙り込む海里に、夏神は、駄目押しの一言を口にする。

「ホンマは、今でも芝居に未練たらたらなん違うんか？」

とうとう海里は、タケノコを放り出し、ステンレスの深いシンクの縁を、両手でバンと叩いた。

「そうだよ！　くそ、李英が前に来たときも、こないだ来たときも、ぶっちゃけ悔しかったよ！　羨ましかったよ！　俺はあいつが、心底妬《ねた》ましかったよ！」

「海里様？　海里様は、里中様と実に楽しげに語らっておられたように、このロイドはお見受けしておりましたが」

ロイドはあからさまに狼狽《うろた》え、混乱した顔で、海里の傍にやってくる。

たまに老人のように含蓄のある言葉を口にするロイドだが、人間の複雑な心理を理解するには、まだ付喪神《つくもがみ》経験が不足しているらしい。

海里は、自分自身に苛立《いらだ》ち、小さく舌打ちして吐き捨てた。

「勘違いすんなよ。李英のことは好きだし、誰よりも可愛い後輩だ。それは変わらねえ。けど、事務所をクビになっても全然ぶれないくらい、いつの間にか強くなってたあいつを見るとさ。俺も……諦《あきら》めなければあんな風になれてたのかなって、つい思っちまったんだ」

「海里様……」

「大根役者、カメラ映えしない、向いてない、センスがない……ドラマでちょい役しか貰《もら》えない上に、周りじゅうから叩かれてさ。ネットでも、『ミュージカルではいけてたのに、五十嵐カイリ、その後は今イチ』って言われてんのをあちこちで見かけて、すっげえ凹《へこ》んだよ。ホントのことでも、傷つくんだからしょうがないだろ」

これまで誰にも漏らしたことがなかった言葉を、海里はシンクの底に叩きつけるように吐き出した。ずっと身の内に押しとどめていた感情の濁流が、堰《せき》を切って流れ出す。

「ミュージカルをやってたときは、最初がずぶの素人だったこともあるけど、毎日進歩していく自分を感じられた。最終公演、千秋楽の幕が下りるまで、ずっと」

「……おう」

夏神は手を動かしながら、最低限の相づちで話を続けるように促す。

「俺、ミュージカルの初演から終演まで、一つの役をやり続けたんだ。他の連中は途中で抜けたり、しばらく出なかったりしてたけど、俺は全公演、出続けた。だからみんな、レジェンドなんて呼んでくれたし、リスペクトしてくれた。俺も、それが誇りだった。だけど、ミュージカルが終わったら、魔法は解けた。代わりに立ちふさがったのは、現実だったよ」

海里はやはり夏神もロイドも見ないまま、ピカピカのシンクが木の洞ででもあるかのように、暗く澱《よど》んだ「本心」を語り続けた。

「途中で抜けた奴等は、俺がミュージカルをやってる間に他の仕事にチャレンジして、色々器用にできるようになって、実績も重ねてたよ。なのに、俺はミュージカル一作しかやったことのない、終わってみればレジェンドでも何でもない奴になってた。あっちこっちで、ルックスも才能も桁違《けたちが》いの同年代の連中の芝居を見せつけられて、だんだん、芝居をするのが苦痛になってた」

「芝居が嫌いになったっちゅうことか？」

「違うよ。好きだからこそ、思うような芝居ができない自分が嫌で、悔しくて、でも努力しても結果は出なくて、つらかった。そんなとき、情報番組の仕事が来て、俺、そこに逃げ込んだんだ」

「逃げ込んだ？」

「うん。恰好《かっこう》つけて適当な料理を作ったり、ワイドショーやクイズ番組で、チャラチャラしたどうでもいいようなことを言うだけで済んで、しかもそのほうが稼げるんだ。人気も出た。だからもう、それでいいじゃん、そっちのほうが向いてるんだって、自分に言い聞かせてた」

「お前がそんな風にしとったとき、里中君は、舞台の仕事をこつこつ続けとったんやもんな。たとえ、期待するような評価が貰えんでも、お前に内心小馬鹿にされとっても、自分の好きなもん、信じる道を真っ直ぐ歩いとったんや」

海里は今にも泣き出しそうな歪んだ顔で、微《かす》かに顎《あご》を上下させた。

「わかってる。だからさ。李英のことは、ホントに尊敬してる。でもって俺も、諦めなければ……あのまま、芝居を好きな気持ちに蓋《ふた》をして逃げなかったら、もしかして今、李英と同じ高さの場所に立ててたのかなって、思わずにはいられないんだ。そんで、そんな自分が、死ぬ程嫌なんだ。みっともなくて、卑屈で」

「海里様……」

ロイドはオロオロと海里を慰めようとしたが、夏神は視線でそれを制した。そして、ガックリ落とした海里の肩に、大きな手を置いた。

「お前も、俺と同じクチか」

「……は？」

「痛《いと》うて怖うて正視できへん心の傷に蓋をして、忘れたふりで、それやのにホンマは忘れられへんままで、生きてきたクチやなて」

「……あ」

少し前に、夏神が打ち明けてくれた話を思い出し、海里はようやく夏神の顔を見る。

海里の肩を優しく揺すって、夏神は「偉いやないか、お前は」と言った。

「偉いって、何が？」

「俺は、他人に蓋してもろたけど、お前は自分で蓋閉めて、そんで自分で蓋開けたんや。ホンマは芝居、今でも好きなんやろ？　やりたいんやろ？」

「そりゃ、好きだよ。好きだし、人の芝居を見たら、ウズウズする。自分もやりたくて、たまらなくなる。だけど俺はもう芸能人じゃないし、才能もないみたいだし、やったって仕方ない」

「アホか！」

それを聞くなり、夏神は海里の肩から手を離し、項垂《うなだ》れた頭のてっぺんをコツンと叩《たた》いた。

「あだっ。何だよアホって！」

「アホやからアホやっちゅうねん。考えてみい。仕事やのうなってんから、もう好きにやったらええんやろが。それとも何か？　お前は、給料が発生せんと芝居ができへんのか？　他人様《ひとさま》が褒めてくれんと、やる気になれんのか？　その程度のもんか」

「えっ？　あ、いや、そんな……ことは全然」

混乱した面持ちの海里に、夏神は語気を強めて言った。

「ほな、芝居を好きな気持ち、やりたい気持ちのままで、ヘタクソでも一生懸命、やったらええ。機会は、自分で作ったらええ。手始めに、人形に話を聞かせるんでも構わんやないか。ちょうどええ取っ掛かりや」

「夏神さん……俺」

夏神の目の前で、海里の瞳《ひとみ》がみるみるうちに潤んでいく。

「泣くな、アホ」

夏神はそう言って、海里の頭を乱暴に撫《な》でた。髪をグシャグシャにされて、海里は悲鳴を上げる。

「ちょ、夏神さんってば」

「店のことは気にせんでもええ。お前がやりたいと思うんやったら、必要なだけ時間かけて稽古《けいこ》して、人形に立派に『おはなし』を聞かしたれ。プロもアマも、人形には関係あれへんやろ。一生懸命やったら、きっと通じる」

「……うん」

小さな子供のように、海里はこっくり頷《うなず》く。夏神は、目尻《めじり》に優しい笑い皺《じわ》を刻んだ。

「ほんでいつか、俺にもお前の芝居、見せてくれや。ヘタクソやったらボロカス言うから、覚悟を決めてからでええけどな」

「うん……。うん」

シャツの袖《そで》で涙をゴシゴシと拭《ぬぐ》う海里の頭を、夏神は乱暴に撫で続けた……。

しばらく東京に行っていたという作家の淡海五朗《ごろう》が店を訪れたのは、その夜、真夜中過ぎのことだった。

「あれっ、先生。こっちに戻ってたんですか？」

おしぼりとお茶、それに小鉢を先に出して海里が意外そうに訊《たず》ねると、相変わらず瘦軀《そうく》の淡海は、早速熱々のおしぼりで手を拭《ふ》きながら答えた。

「うん、ついさっき、新幹線の終電で戻ってきたんだ」

「えっ？　またそりゃ、急ですね」

「あっちで小説を書いてたんだけど、どうにもこうにも詰まっちゃって、気分を変えようと急に思いたったんだ。君と話せば、少し事態が打開できるかなと思ったし、久々に、ここで美味《おい》しいご飯も食べたかったし」

「あ。もしかして、その小説って……例の？」

「そうそう。君が主人公のモデルになってる奴」

「マジで書いてるんですか！　今、どのへんです？」

目を輝かせてカウンターから身を乗り出した海里に、淡海はあっさりと進行状況を告げる。

「ええと、今、クスリをキメて、クラブで暴れたところで止まってる」

「嫌なところで止めてるなあ……」

いくらフィクションとはいえ、芸能人時代の自分がモデルと聞かされているだけに、海里は嫌そうに顔をしかめる。

実際には、彼自身はドラッグの類《たぐい》にはいっさい手を出していないので、余計に嫌悪感が募ってしまったらしい。

それに構わず、さっそく箸《はし》を取って小鉢の料理を味わった淡海は、「おっ」と嬉《うれ》しそうな顔をした。

「タケノコの木の芽あえにホタルイカか。山椒《さんしょう》の香りが爽《さわ》やかで、春を感じるね。僕の味覚に限っていえば、和食は関西がいい。出汁《だし》の味が、舌に合うんだろう」

「あっ、俺もです。こっちに越してきてから、そう思うことが増えました。何が違うんでしょうね」

「やっぱり、水だろうね。関東には関東の旨《うま》いものがたくさんあるけど、出汁を使う料理については、僕は関西贔屓《びいき》だな」

そう言って本当にニコニコとタケノコを口に運ぶ淡海に、夏神は声を掛けた。

「ちょうど、いつも仕入れをする八百屋さんから、ええタケノコをようけ分けてもらいましてね。今日は、タケノコ料理ばっかしですわ」

「へえ、楽しみだな。他は何？」

「タケノコご飯、若竹汁、タケノコの天ぷらと、タケノコと豚肉の味噌煮込《みそにこ》み」

夏神がリストアップする定食メニューを揉《も》み手《で》で聞いていた淡海は、最後の一品に首を傾げた。

「タケノコを味噌で煮るの？　そりゃ、初めてだな」

「うちのお袋の得意料理やったんです。大阪の下町料理なんですかね」

「へえ。そりゃ楽しみだ。やあもう、スランプになると、本気で書けなくなるんだよ。そういうときは、気分を変えるに限るんだ。散歩をしたり、美味しいものを食べたり、息抜きに小説を書いたり」

「は？」

タケノコ入りの吸い物を一人分だけ温め、仕上げに刻んだわかめを鍋《なべ》につまみ入れて、木の芽を両手でパンと叩いて香りを出してから、海里は訝《いぶか》しげに問いかけた。

「あの、ラスト一つ、変じゃないすか？」

「何がだい？」

「小説に詰まってるのに、息抜きで小説書くんですか？」

「それは別腹だよぉ。女子のスイーツと一緒」

淡海はカラリと笑ってそんな奇妙なたとえをする。

「別腹？」

「そ。仕事に全然関係ない小説を書くのは、純粋な娯楽だから。気軽なものとか、どこの編集部も依頼してこないような過激なものとか、うんと下世話なものとか。自由に書ける小説は、楽しいばかりだからね。立派な息抜きになる」

「へえ……」

それを聞いていた海里の目が、きらりと光る。彼は、さりげない風を装って、淡海に訊ねた。

「で、今、その息抜きのネタ、決まってるんですか？」

淡海はいかにも惜しそうに木の芽あえの最後の一口を頬張って、返事をする。

「いや、まだ。頭を絞って考えたりすると本末転倒だからさ。何かが降ってくるのを待とうかなと思ってるんだけど」

しめた、と海里は淡海には聞こえない小声で呟《つぶや》いた。天ぷらを揚げていて、うっかりそれを聞きつけてしまった夏神は「おいおい」と苦笑いしたものの、海里を制止しようとはしない。

海里は、再びカウンターに両手を突き、淡海の顔を覗《のぞ》き込んだ。

「淡海先生。ネタ、俺が降らせちゃだめですかね？」

「え？ 君が僕にネタをくれるの？ もう、モデルになってくれてるのに」

「そのモデル代だと思って、俺にちょっとした朗読用の脚本を書いてくれませんか？ 資料はバッチリ揃ってますし、短い奴でいいんですけど」

「おやおや」

淡海は意外そうな表情をしたが、その顔に、怒りの色はない。むしろ、好奇心いっぱいの目をして、淡海は海里の、関西風に言えば「シュッとした」顔を見上げた。

「君が提供するネタで、君のために台本を……ね。それは、僕が観客になれる舞台なのかな？」

「あー、それはちょっと。だけど、いつかちゃんと、淡海先生の前でも演じます。それは約束するんで……お願いできませんか？」

「んー」

淡海は、厨房《ちゅうぼう》の壁に貼ってあるカレンダーを眺め、ちょっと考えてから言った。

「素晴らしく暇ってわけじゃないから、そんなに時間はかけられないけど、今日明日で何とかなるものなら。資料は今、あるのかい？　ちょっと見せてもらってから返事をするよ。無責任なことは言えないからね」

「じゃあ、すぐ取ってきます！　コピーがあるんで。今日明日で完成、大歓迎っす！」

最後まで言い終えないうちに、海里は厨房から飛び出し、バタバタと猛烈な足音を立てて二階へ駆け上がっていく。

「何だか、凄《すご》い勢いだな。いったい、どんなネタなんだ？」

呆然《ぼうぜん》と見送った淡海に、夏神は「えらいすんません」とのっそり頭を下げてから、海里のために援護射撃をした。

「もし、ご迷惑にならんようやったら、力になってやってください。……物語の続きを長年待ち焦がれとる人形に贈る芝居なんで、ええ脚本がなかったら芝居ができん言うて、あいつ、困ってたんですわ」

「物語の続きを待ち焦がれる人形に贈る芝居？　こりゃまた、聞くだに神秘的で面白そうで、ハードルも高そうだね。僕は脚本の経験はまだ少ないから、腕が試されるなあ。ワクワクしてきたぞ。うーん、久しぶりの楽しい気持ちが戻ってきた。創作は、こうでなくっちゃ！　ああ、血が騒ぐ！」

淡海は、さっきタケノコ料理と聞いたときより大きな笑顔で、枯れ枝のような細い指をニギニギとさせる。

「夏神様。これが、世に聞く『どえむ』という気質でございましょうや？」

珍獣を見る眼差《まなざ》しで淡海の笑顔を見ながら、ロイドは夏神に耳打ちする。

「俺にはわからんけど、イガが前、クリエイターはみんなドMやて言うとったで。そんなもんなん違《ちゃ》うか？　あと、油が跳ねたら、お前、溶けるんやろ。どいとけや」

夏神がそう言ったが早いか、タケノコの天ぷらがパチッと小さく爆《は》ぜる。

「ギャッ」

情けない悲鳴を上げて、セルロイド眼鏡の付喪神《つくもがみ》は、見た目よりずっと敏捷《びんしょう》に飛び退《すさ》った……。

＊　　　＊

それから一週間後の夜、午後十一時過ぎ。

奥池南町の西原アカネ邸には、再び、先日と同じメンバーが揃っていた。

本当に有給、もとい年次休暇を取って一般人としてやってきた涼彦と、仕事帰りの奈津、それに家主のアカネと、眼鏡姿のロイドを伴った海里である。

「海里君、お店のほうはよかったの？」

奈津に問われて、海里は小さな笑みを浮かべて頷《うなず》いた。

「夏神さんが、今夜はひとりで頑張るって。お前が来るまでそうだったんだから、心配は要らないって言ってくれたし、甘えることにした」

「そっか、よかった。でも、本当はマスターも、海里君の朗読、ここで聞きたかったでしょうね」

「や、それがさ。もうさんざん稽古《けいこ》に付き合わされたから、飽き飽きしてるって言われちゃった」

「……っていう、師匠の優しさなんでしょ？」

「たぶんね。でも、そういう師匠の優しさに敢《あ》えて気付かないふりすんのが、弟子の席を作る。

「変なの。男の人ってホント、素直じゃないわよねえ」

呆《あき》れ顔の奈津は、アトリエのあちこちに置いてある椅子を片隅に寄せ、即席の観客席を作る。

室内の作業台のあるほうの半分が、段差のない舞台という設定だ。

一方海里は、唯一の舞台装置ともいうべきロッキングチェアーを、舞台のど真ん中に据えた。

それもまた、屋根裏部屋から出してきたものだ。

「雑巾《ぞうきん》持って来たぞ。その椅子は、相当汚れてるからな。本日の主賓を迎えるためには、綺麗《きれい》にしなきゃならんだろう」

そう言って、濡《ぬ》らして固く絞った雑巾を山ほど持って来たのは涼彦である。

「お、サンキュ。西原さんは？」

「物置で、ロウソクを探しまわってる。どうせなら、日記どおりにやりたいしな」

「だね。じゃ、椅子を拭《ふ》いて、ピッカピカにしちゃおうか」

海里はそう言って手を差し出したが、涼彦は雑巾を渡そうとせず、顎《あご》をしゃくった。

「それよかお前は、台所での準備があんだろ。さっさと済ませてこい。仕上げは奈津さんができるが、仕込みはお前じゃなきゃ駄目なんだろうが」

「あっ、そうだった！　じゃあ奈津さん、一緒に来てもらっていい？　仕上げの方法、説明するから」

「わかったわ」

最後の椅子をちょうど並べ終えた奈津は、海里と連れ立ってアトリエを出て行く。

「さて、あとは燭台《しょくだい》がくりゃ、『舞台』は完成か。……ったく、同僚が見たら、何て言うだろうな。頭が沸いたと思われるのがオチか」

木製の、背もたれに美しいケルティック風の衣装が彫刻されたロッキングチェアーを拭き上げながら、涼彦はひとりごちた。

「けど、俺は刑事だ。この目で見たもの、この耳で聞いたものを信じる。たとえ、それがどんなに普通じゃなくても……」

彼の骨張った手が、無意識に首もとに触れる。

かつて、彼に片想いしていた年上の女性が、死後もなお、手編みマフラーの姿になって彼を見守ってくれていたことを、海里とロイドは教えてくれた。

それまでは完全なる現実主義者だった涼彦だが、今は、とおりいっぺんの常識では定義しきれないものも、この世には存在すると知っている。

だからこそ、刑事の職分を超えてまで、こうして西原アカネのため、いや、むしろ哀れな人形のために、骨折っているのだ。

力を込めた。

「上手《うま》くやれよ、弟。そうすりゃ俺は、その話を聞いて喜ぶ一憲の、最高のドヤ顔が見られるんだからな」

そんな下心満点の呟《つぶや》きを漏らし、涼彦は、ロッキングチェアーを拭く手にいっそう力を込めた。

やがて「劇場」の準備が整った。

会場はアトリエ、客席には、涼彦、奈津、そしてアカネが座っている。

皆、一様に軽い緊張の面持ちだ。

作業台を背にした舞台にあるのは、さっき、涼彦が隅から隅まで綺麗に拭いたロッキングチェアーと、その脇に置かれた小さな丸テーブルだけだ。

部屋の灯《あか》りは消され、テーブルの上には、ろうそくが三本立てられる枝つき燭台が据えられている。ロウソクの弱々しいが温かみのある色合いの炎が、周囲をぼんやりと照らしていた。

そこへ、寝室から白いドレス姿の人形を本物の幼子のように抱きかかえ、海里が入ってきた。

発見されたときは埃《ほこり》と蜘蛛《くも》の巣にまみれていた人形だが、アカネがドレスをクリーニングし、木肌を傷めないよう、柔らかな布で本体を拭いたので、今は生まれ変わったように美しい。

縺れていた栗色の髪にも櫛を通してもらい、ロウソクのささやかな光を受けて、ツヤツヤと輝いている。

海里は人形を抱いたまま、三人の観客に軽く一礼し、慎重にロッキングチェアーに腰を下ろした。

そして自分の両腿《りょうもも》を椅子代わりにして、人形をチョコンと座らせる。人形の小さな背中から脇腹に手を回すと、人形は海里の腕を背もたれにして、居心地がよさそうに落ちついた。

並んで座っている三人のうち、真ん中にいるアカネが、「は」とも「あ」とも判断がつかない吐息交じりの声を漏らし、両手を口元に当てた。

彼女が動揺した理由は、明らかだった。海里が眼鏡を……つまり、ロイドを掛けているのに気付いたのである。

ロイドのフレームに嵌《は》め込まれたレンズはただのガラスなので、視力面においては、何の助けにもならない。

だが、そうしてロイドを身につけることで、海里がより鋭敏に、付喪神……つまり人形の想いを感じとりやすくなると、ロイドが申し出たのだ。

（う。ちょっとやりにくいっていうか、懐かしいな、この感覚）

思いきりときめいているアカネの眼差《まなざ》しを真正面から受け、その強さに、海里は幾分たじろいだ。

そして、そういえばミュージカル時代、客席の四方八方からそうしたファンの熱い視線を浴びたものだと、当時のことをやけに遠い昔のように思い出す。

（あぁいや、いかん。余計なことを考える場合じゃなかったよな）

海里は、真剣な眼差しを人形に向けた。

この「舞台」は、人形作家であり、この家の前の住人である須貝正人の日記に従い、当時の光景を再現したものだ。

須貝は夜ごと、アトリエでいっこうにはかどらない人形制作に疲れると、ロッキングチェアーに掛け、幼い頃の娘にそうしていたようにこの人形を膝《ひざ》に抱き、「おはなし」を語って聞かせていたらしい。

須貝は人形に聞かせた話を、日記に詳細に綴《つづ》っていた。

そのほとんどが、先日、人形が言っていた「みのりちゃんのおはなし」である。

みのり……須貝みのりというのは、言うまでもなく、彼が養女に迎えた妹の遺児の名だ。

須貝は、亡き愛娘《まなむすめ》の思い出を人形に語ることで、年を経るにつれ意識の深いところへ沈んでいこうとする記憶を、一つずつ掘り起こそうとしたのだろうか。

そして、それを日記に記すことで、たったひとりの肉親である自分が世を去った後も、娘が生きた証《あかし》が残るようにしたかったのだろうか。

須貝の日記を貪《むさぼ》るように読んだ淡海は、老いた人形作家の孤独と悲哀に満ちた年月に感銘を受け、たった一日で、海里のために、いや、むしろ須貝の語る話を待ち焦がれていた人形のために、朗読用の脚本を書き下ろしてくれた。

海里は店の仕事をおろそかにはしなかったが、空いた時間のすべてをこの夜のための準備に費やした。

本当に久しぶりに発声練習をし、ストレッチをし、軽い筋トレと芦屋川沿いのランニングまでした。

無論、淡海が渾身《こんしん》の力で書いた脚本を読み込み、文章を解釈し、音読するスピード、声の高低、調子、速度……何もかもを、ゼロから組み立てていった。

そして今夜。

目の前には三人の観客がいるが、彼らは立会人に過ぎない。

海里にとって、今夜の客はただひとり、彼の腕の中にいる幼い女の子の人形である。

念のため、台本をテーブルの上に広げてはあるものの、海里は呼吸を整えると、台本には目もくれず、ただ眼鏡越しにじっと、人形の軽く微笑んでいるような白い顔を見下ろした。

『おとうさん　おはなしを　きかせて』

ガラスのベルを振るような澄んだ少女の声が、そっと呼びかける。

かつてのように、ロッキングチェアーに軽く揺られながら、人間の男の膝に抱かれたことで、人形は海里を、須貝だと思ったのだろうか。

僅《わず》かな息づかいの変化で、他の三人にも、その声が届いていることが感じ取れる。

海里は人形の顔から目を逸《そ》らさず、口を開いた。

「いいとも。お前の好きな、『みのりちゃんのはなし』をしよう」

そう言って、人形の頬に、そっと指先で触れる。

(完璧《かんぺき》に木の手触りなのに……確かに生きているんだな、この子は)

「お前は覚えているかな。みのりちゃんが、生まれた日の話だ。みのりちゃんのお母さんは少し早く産気づいて、お父さんや僕が駆けつけたときには、もう生まれていた。予定日に間に合うよう、僕が木彫で作っていた馬の玩具《おもちゃ》は、未完成だった。病院で初めて会ったみのりちゃんは、真っ赤なしわくちゃな顔の、女の赤ちゃんだった。とても可愛く育つなんて思えなくて、僕は可哀想でならなかった。そんな心配は、あっと言う間に必要なくなってしまったけれどね……」

須貝の日記を追い、彼が人形に語った話をなぞりながら、海里は瞠目《どうもく》した。

ロイドの力を借りているからだろうか。触れた指先から、人形の心が海里の心に伝わってくるのがわかったのだ。

毎夜、人形作家が語る言葉を聞き、優しく撫《な》でられて、人形は魂を宿した。

幼い魂で、人形は自分を作ってくれた須貝……いや「おとうさん」の魂に触れ、彼のどうしようもない寂しさ、悲しさ、悔しさ……そしてやるせなさを感じた。

そして、思ったのだ。

いなくなってしまったみのりちゃんの代わりに、おとうさんと一緒にいようと。

そうしたら、おとうさんは少しでも寂しくなくなるかもしれないと。

そんな素朴な優しさに応《こた》えるように、海里の口からは物語が流れ出した。

「みのりちゃんのお父さんとお母さんが死んだとき、みのりちゃんは、死が何かを知らなかった。どうして、生まれ育ったお家に、お父さんとお母さんのところに帰れないのか、どうしておじさんとふたりきりで暮らさなくてはいけないのか、わからなかった。だから、みのりちゃんは毎日、寂しくて、お家に帰りたくて、泣いていた。僕は、どうしていいかわからなくて、みのりちゃんと一緒に泣いた。それしか、できなかったんだ。だけど、泣いて泣いて一週間が経ったとき、先に泣きやんだのは、みのりちゃんのほうだった」

『おじさん、なかないで』

人形が代弁した「みのりちゃん」の言葉に、海里は少し驚いて目を見開いたが、すぐにしんみり笑って、人形の頭を優しく撫でた。

「よく覚えてるなあ。偉いぞ。……そう。僕はみのりちゃんに慰めて貰《もら》って、ようやく涙を止めることができた。そして僕らは、家族になることにした。たった二人の家族だ。まずは、二人のお家を建てることから始めた。このお家だ。二人で煉瓦《れんが》を積んで、セメントを塗って、窓を嵌《は》めて、少しずつ、造っていった」

『ちいさなおしろ』

「そう。みのりちゃんは、この家を小さなお城と呼んだ。僕は、このお家で、人形をたくさん作った。みのりちゃんは、僕をおじさんと呼んで、懐いてくれた。そして、どんどん大きくなって、色んなことができるようになった。お掃除も、お洗濯も、お裁縫も、あっという間に、僕よりずっと上手になってしまった。僕がみのりちゃんに勝てていたのは……」

『おりょうり』

「そうだ。お前は本当に賢いね」

そんなアドリブともいうべき台詞《せりふ》も、心から自然に零《こぼ》れた。

須貝もまた、こんな風に、人形と会話を楽しんだのだろうか。

もしそうだとしたら、孤独な彼の心は、どれほど慰められたことだろう。

海里は、演技ではなく、本当に自分が須貝になったような気がした。

淡海が考えた台詞のはずの言葉が、まるで自分の思考のように、考えることなく口をついて出るのだ。

みのりと二人で遊び、学び、食べ、それぞれの「お仕事」をし、一つ屋根の下で眠る。

そんなささやかな、しかし須貝が手に入れたただひとりの家族との温かく優しい日々の思い出が、海里と人形の間で語られる。

だが、ある日、みのりは病に倒れる。脳にできた小児癌は取り除く術《すべ》がなく、彼女を待っていたのは、残酷な余命宣告だった。

入退院を繰り返す日々。

癌が大きくなり、転移し、少しずつ、確実に弱っていく娘。

小さな身体を蝕《むしば》む病がもたらす、代わってやることができない激しい苦痛。

それでも須貝は、みのりが一日でも長く生きることを望んだ。

いい医者がいると聞けば、どんなに遠くても話を聞きに行った。

いい薬があると聞けば、どんなに高価なものでも、借金をして手に入れた。

それでも……最後の日は訪れてしまった。

もう手の施しようがないからと一時帰宅が許され、みのりは須貝に抱かれてこの家に戻ってきた。

そして……。

海里は、人形の水晶板の瞳《ひとみ》を真っ直ぐ見つめて、こう問いかけた。

「お前が聞いているのは、ここまでだね？」

アトリエで倒れる前夜の日記には、人形にそこまで語ったことが記されていた。

おそらく人形はまだ、みのりの最期を知らないのだ。

ゆえに淡海は、須貝の古い日記を読み、みのりの最後の夜の出来事を脚本に書き加えた。

海里たちの推測を肯定するように、人形の小さな声が、海里の耳に届いた。

『みのりちゃんは、どうしたの？　おはなしのつづきを、きかせて』

「いいとも」

請け合って、海里は初めて人形から視線を外し、客席のほうを見た。

目が合ったのを合図に、奈津はそっと席を立ち、忍び足でアトリエから出て行く。

それを見届けて、海里は再び話を始めた。

「みのりちゃんはもう、庭を走り回るどころか、起き上がることさえできなかった。お喋《しゃべ》りすることも、ご飯を食べることも、とても難しくなっていた。でも、みのりちゃんは、一生懸命口を動かして、僕に言ったんだ。『おじさん　の　やきおにぎりがたべたい』とね」

『やき　おにぎり』

「そう。僕がよく作って食べさせた、思い出のメニューなんだ。僕は決して料理上手ではなかったけれど、焼きおにぎりだけは、みのりちゃんが大好きだと言ってくれていた。だから僕は、心を込めて、一つだけ焼きおにぎりを作った。もう食べられないだろうと思ったのに、みのりちゃんは、ほんの小さな一口、齧《かじ》ってくれた。その後すぐに、みのりちゃんは深い眠りに落ちて、そのまま死んでしまったんだけれど。目を閉じる前、みのりちゃんはうっすら笑って、こう言ってくれた……」

海里は、すうっと息を吸って、須貝の日記に記された、みのりの最期の言葉を口にした。

「おとうさん、おいしい。……それが、みのりちゃんの最期の一言だった。初めて、僕を父と呼んでくれた。この世を去るというそのときに、僕の心に、小さな、温かな火を灯《とも》していってくれたんだ」

そこで口を噤《つぐ》み、海里は人形の頭をもう一度撫でた。

「これで、『みのりちゃんのおはなし』は、おしまいだ。長いあいだ待たせて、悪かったね。……そして、『おとうさん』も、遠くへ行く」

『おしまい……』

人形は、その言葉をゆっくりと繰り返した。海里は、静かに頷《うなず》く。

「そう。お前は僕の娘ではないけれど、まるで古い友達のように、ずっと一緒にいて、僕の話を聞いてくれた。だからこそ、お前と別れるこのとき……僕はもう一度だけ、今度はお前のために、焼きおにぎりを作ろう。僕がただ一つ、自信を持って、お前にプレゼントできるものだよ」

それは、須貝の最後の日記に記された、ささやかな彼の望みだった。

「人形に愛娘の最後の日のことを語るとき、人ならぬ身のこの子は、みのりが最後に食べた『焼きおにぎり』がどんなものか、理解できないだろう。みのりが死んで以来、つらくてどうしても作れなかったあの食べ物を、一度だけ作ってやろう。何故だろう。そうしたらこの子が、それを食べて美味《おい》しいと言ってくれそうな気がするのだ」

海里の話が終わるタイミングを見計らって、奈津が、豆皿に載せた小さな焼きおにぎりを運んできて、テーブルの上にそっと置いていく。

それは、みのりが元気だった頃、食の細い彼女に何とか栄養のあるものを食べさせようと、須貝が苦心惨憺《くしんさんたん》して編み出したレシピだった。

古い日記に走り書きされたそのレシピをもとに、さっき海里があらかじめ作っておき、仕上げだけを奈津に頼んでおいたものだ。

普通の焼きおにぎりの三分の一ほどの大きさの小さなそれは、前回、海里がこの家で作ったものとはまったく違う味付けだった。

炊きあがったご飯に、ちりめんじゃこ、鰹節《かつおぶし》、白ごま、そして大根の葉を茹《ゆ》でて細かく刻んだものと、少量の醬油《しょうゆ》を混ぜ込んでおにぎりにし、フライパンでじっくり表面を焼き付けた。

栄養満点だし、表面に何も塗っていないので、強く握っても子供の手が汚れない。しかも中までしっかり味がついているので、飽きずに食べることができる。

須貝の、みのりへの愛情が具現化したような、素朴だが滋味溢《あふ》れる焼きおにぎりだ。

『おとうさんの　やきおにぎり』

「そうだよ」

頷いた海里の目が、次の瞬間、カッと見開かれる。

他の三人が、悲鳴を上げかけて、危ういところで息を飲むに留めた気配が伝わってくる。

信じられないことだが、彼らの目の前で、人形はゆっくりと変化していった。

ロウソクの光が浮き上がらせていた、人形の顔の木目がすうっと薄れ、消えていく。

そして、海里の腕が、不思議な温もりを感じたと思ったそのとき……。

人形は、ゆっくりと動き出した。

まるで本物の幼子のような滑らかな動作で、目の前に置かれた皿から、焼きおにぎりを右手で取り上げる。

(須貝さんが、日記で想像したとおりに……なってる……!?)

海里は、ゴクリと生唾《なまつば》を飲んだ。

淡海の脚本は、人形に焼きおにぎりを作ってやり、「ありがとう、そして、さようなら」と、須貝が人形に別れを告げるところで終わっていた。

彼の脚本には、当たり前だが、人形が人間のように自在に動き、焼きおにぎりを食べるなどというシーンは想定されていないのだ。

(マジか……。突然、即興劇《インプロ》になっちまった)

途方に暮れながらも、海里は、瞬《まばた》きを忘れ、人形を凝視している。

人間の子供よりずっと小さな人形のおちょぼ口が、あーん、と、音がしそうなほど上下に開き、焼きおにぎりのてっぺんの尖《とが》ったところを、ぱくりと頬張った。

アカネか奈津が、溜《た》め息のような声で、「ああ……」と言ったのが聞こえた。

人形の頬が、焼きおにぎりを頬張り、咀嚼《そしゃく》に合わせて形を変えている。

信じられないが、確かに人形は、焼きおにぎりを味わっているのだ。

こくん、と細い喉《のど》が小さく動いた。そして、人形は、さっきとは明らかに違っている、意志の光が宿った瞳で海里を見て、確かにこう言った。

『おとうさん、おいしい』と。

「……あ……」

即興劇なら演出家の怒声が飛ぶところだが、海里は何と応じればいいかわからず、ただ狼狽《うろた》える。

そんな海里の青ざめた顔を見つめたままで、人形は、もう一言、囁《ささや》いた。

『おとうさん、さよなら』

海里の喉が、ヒッと鳴る。

それは、遠くへ行くといった「おとうさん」を見送る言葉なのか。

あるいは、「おとうさん」の話を聞くという、自分の役目が終わったことを悟ったがゆえの、別れの言葉なのか。

海里がその判断をつけられないでいるうちに、人形の手から、焼きおにぎりが床に落ちた。

さっき言葉を紡いだ唇が再び閉じてゆき、両手は元の場所へ戻る。

そして、確かに命の輝きを宿していた双眸《そうぼう》から、徐々に光が消えていく……。

（ああ……この子は、ただの人形に戻ろうとしているんだ。須貝さんのために宿した魂だから、須貝さんが遠くに行ってしまうなら、無用のものとして手放してしまおうとしているのか）

それならせめて、小さな魂が消える瞬間まで、自分が寄り添おう。

海里がそう思ったとき、客席のほうから甲高い声が響いた。

「駄目！　行かないで！」

それは、アカネの声だった。

海里は仰天して、パクパクと口を開閉しつつ、人形とアカネの顔を見比べる。

アカネの顔は、涙でぐちゃぐちゃになっていた。

海里と人形のやり取りに、感極まっているのがわかる。

「ちょ……な、なんで？」

最後の最後ですべてをぶち壊しにされて、海里は頭が真っ白になっていた。涼彦と奈津も、アカネを凝視して、呆然《ぼうぜん》としている。

だがアカネは涙を拭《ふ》こうともせず、曇ってしまった眼鏡をむしり取ると、叫ぶように言った。

「だって、『おとうさん』が亡くなった後、この子はずっと待ってたんだもの。役目が終わったからって、このままひとりぼっちで消えていかせるなんて、可哀想すぎる」

「いや、でも……そもそもは、西原さんが、夢の世界からこの子に出て行ってほしい、ただの人形に戻ってほしいって、そういう話でしたよね……？」

海里はやっとのことでそれだけ言ったが、アカネはブンブンと首を横に振った。

「事情を知った上で、そんな酷《ひど》いことをしたら、私、一生悔やむことになるわ」

そう言うと、アカネは海里に駆け寄った。そして、床に両膝《りょうひざ》をつくと、再び顔を上げ、もはや元の状態に戻りつつある人形の顔を覗《のぞ》き込んだ。

「ねえ。もう聞くべき物語が終わって、待つ人がいなくなって、本当に眠りたいなら、そうすればいい。だけどもし、この家でもっと暮らしたいなら……一緒にいるのが、『おとうさん』じゃなくて私でもいいなら、あなたが毎晩入り込んできた、私の夢の世界においで」

そんな誘いに呼応するように、人形は、わずかに右手を動かす。その小さな手を、アカネは自分の両手でしっかりと包み込んだ。

「あの青い世界で、私たち、毎晩会えるわ。私にも、『おはなし』はたくさんあるの。『おとうさん』がしてくれなかった、童話もたくさん知ってる。あなたが聞いた悲しいお話だけじゃなく、もっと楽しいお話、不思議なお話を知ってるわ」

すると、人形の珊瑚《さんご》色の唇が、ごく小さく動いた。

『だれ』

アカネは、一音ずつ区切るように、はっきりと自分の名を告げた。

「あ・か・ね」

『あかね』

さざ波のような微《かす》かな声が彼女の名を呼んだと思うと、人形は、それきり動かなくなった。

あの、クリスタルガラスを弾《はじ》いたような澄んだ声も、もう聞こえてはこない。

「……おい。どうなったんだ？」

涼彦は探るような声でそう言って、慎重に腰を浮かせる。

海里も、まだ半分魂が抜けたような顔で、自分の膝の上にいる人形をしげしげと眺めた。

「どうなったんだろう。……マジで、西原さんの夢の世界に行っちゃったんだろうか、こいつ。何か、変わった感じとか、あります？」

「気持ち悪くなったり、頭が痛くなったり、しない？」

奈津も、心配そうにアカネに訊《たず》ねた。

だが当のアカネは、「私は何ともないです」と言うと、まだ涙に濡《ぬ》れた頬に、柔らかな笑みを浮かべた。

そして、海里の膝から、両腕で優しく人形を抱き上げる。

「きっと、夢の世界に来てくれると思うから。……信じて、待ちます」

アカネの声には、迷いはない。だが海里は、ちょっと不満げに尖った声を出した。

「けど、その子が夢の世界にいると、創作の邪魔なんじゃ？」

するとと初めて、アカネは戸惑い顔になる。

「ずっとそう思ってたんですけど……あんな不思議な光景を見ちゃったら、凄《すご》い衝撃で……インスピレーションが、ばーって……！」

「つまり、その人形が、今は創作意欲を掻《か》き立ててくれてるってことっすか？」

「そうなんです！　何だかこの子と一緒に、新しい扉が開けそうな気がする。もしかしたら、私が何となく関西移住を決めたのも、この家を買ったのも、この子と一生に一度の運命の出会いをするためなんじゃないかと思って！」

しっかり人形を抱き締めて力説するアカネに、奈津は噴き出した。

「たくましい。いいじゃないの、海里君。人形もきっと、色んなお話を聞けて、綺麗《きれい》な世界にいられて、嬉《うれ》しいわよ。せっかくこの世界に生まれた命だもん。それが須貝さんから西原さんに引き継がれるの、私は素敵だと思うわ」

まるで宥《なだ》めるように奈津にそう言われて、海里はますますふて腐れた顔で立ち上がった。海里の荒っぽい動作を非難するように、ロッキングチェアーは軋《きし》んだ音を立てて、大きく揺れる。

「や、俺は別にいいですよ！　ただ……何かちょっと、消化不良なんです。死ぬ程稽《けい》古《こ》したのに、尻切《しりき》れトンボで終わっちゃったなって、俺の仕事！」

そう言ってツカツカと部屋の入り口に向かい、照明のスイッチをオンにした海里に、アカネは人形を抱いたまま駆け寄った。

「そんなこと、ないです！　私、物凄《ものすご》く感動しました。やっぱり、私が大好きだった五十嵐カイリ君が帰ってきたって、そう思いました！」

「……え」

思いがけない言葉を貰《もら》って、海里は険しい顔のまま硬直する。アカネは、そんな海里に熱っぽく告げた。

「本当に、須貝さんが話してるみたいでした。やっぱり五十嵐君は、役になりきるんじゃない、演じてる間は、その人の心で考えて、感じて、動いて、話してるんだって、そう思えました。嬉しかった……凄く、嬉しかったです！」

アカネの真摯《しんし》な言葉が胸にジワジワと染み込んでいくにつれ、海里の強張《こわば》っていた顔に、ゆっくりと驚きと喜びが入り交じった表情が浮かんでいく。

「マジで……？」

「マジです！　私、五十嵐君のファンでいて、よかった」

奈津もすかさず言葉を添えた。

「私も、とっても胸を打たれた。一憲さんにも、聞かせてあげたかったわ。きっとあの人、感動して号泣したわよ」

「一憲の泣き顔なんて、俺も見たかったな」

思わず素直な欲求を口にした涼彦を、奈津はジロリと睨《にら》んだ。

「ちょっと。仁木君だって、何か感想はあるでしょ？　言ってあげてよ」

「は？　俺？　もうそんだけ寄って集《たか》って褒められりゃ、十分だろ」

「そういう問題じゃないです。ちゃんと言うべきことは言う！」

奈津にまるで姉のように叱られ、涼彦は煩わしそうな顰《しか》めっ面でしばらく考えてから、何故か腹に手を当てた。

「焼きおにぎりが旨《うま》そ過ぎて、腹が減った。何か食わせろよ、弟」

奈津は呆《あき》れて「はぁ？」と言う代わりにただ口を開け、アカネと海里は、顔を見合わせて笑い合う。

「いいですよ。さっき冷蔵庫を見せたとおり、今夜は色々食材が入ってますから、何でも作ってください。というか、私ももう一度、五十嵐君のお夜食が食べたいです」

アカネにまで催促され、海里は苦笑いで前髪を掻き上げた。

「ほいじゃま、また焼きおにぎり……は芸がないから、ちゃちゃちゃっと丼でも作りますか。幸い、ご飯は炊けてるし」

「丼？　牛丼か何かか？」

涼彦の問いかけに、海里は、冷蔵庫の中身を思い出しながら答えた。

「や、もうちょっとヘルシーに……そうだな。牛肉の切り落としがあったから、それと、トマト、タマネギ、椎茸《しいたけ》、キャベツ……あたりで、イタリアンっぽい……うん、名付けてイタ丼を作ろう！」

「イタ丼？　何だか美味《おい》しそう。聞いたら、急に私もお腹が減ってきちゃった」

「楽しみですね！」

ここしばらくですっかり仲良くなった奈津とアカネは、海里に期待の眼差《まなざ》しを向ける。

やれやれと言いながら、どこかスッキリした笑顔で立ち上がった涼彦は、刑事らしく、パンと手を打ってこう宣言した。

「想定外の幕切れではあったが、とにかく、そしておそらく、大団円なんだろう。よって、これにて『人形対策特別本部』は、解散とする！」

エピローグ

それからしばらく後の、ある日の午後のこと。

ガラッと扉を開ける音に、カウンターの中でしゃがみ込み、戸棚から大きめの寸胴《ずんどう》鍋《なべ》を取り出していた海里は、鍋を抱えたまま声を出した。

「おかえり、夏神さん。あれから見てみたら、冷蔵庫にまだ三つ葉はあったよ……って、違った」

店の入り口にやや緊張の面持ちで立っていたのは、西原アカネだった。

今日はいつものだぼっとした作業着ではなく、デニム地のワンピースの上から、象《ぞう》牙《げ》色のふんわりしたカーディガンを羽織っている。

相変わらず化粧はしていないが、髪を下ろしているせいか、自宅で会ったときよりやわらかな雰囲気だった。

「買い物に出たマスターが帰ってきたのかと思ってました。ども」

そう言って軽く頭を下げた海里に、アカネも「どうも」と礼を返した。

「前に、店は夕方から開けるって言ってたから、その前にと思って。入ってもいいですか？」

そう言って、アカネはちょっと微笑む。

もう、自分の顔を見て、屈託なく笑ってくれるようになったアカネに、海里もニッと笑って頷《うなず》いた。

「どうぞどうぞ。まだ出せるもんはお茶しかないけど、座ってくださいよ」

「ありがとう」

アカネはそう言ってカウンターに歩み寄ったが、座ろうとはしなかった。

「お茶、飲んでくでしょ？」

海里はそう言ったが、アカネはかぶりを振った。

「ううん、今日は、出掛けついでにこれを届けに寄っただけだから」

アカネはそう言うと、肩に掛けていた大判のコットンバッグの中から、ハトロン紙で包装された板状のものを取り出した。

それを大事そうに、両手で海里に差し出す。

「それは？」

「プレゼントです」

「俺に？」

アカネは、コックリと頷く。

「じゃ、ちょっと待ってください」

海里は大急ぎで手を洗うとタオルでゴシゴシ拭《ふ》き、それから卒業証書でも貰うときのように、やはり両手で恭しく「プレゼント」を受け取った。

「開けても？」

またアカネが頷いたので、海里は、十字に掛けた細くて赤いリボンを解《ほど》いた。

マーガレットの花が大きく印刷されたハトロン紙をガサガサと開くと、中からはきちんと額装された絵画が現れる。

「あ、これ……もしかして、西原さんの作品っすか？　木版画って奴？」

アカネは、無言で頷く。

海里は額をカウンターの上に置き、つくづくと眺めた。

不思議な絵柄だった。

画面は、青一色だ。

だが、上半分は空、下半分は、まるで饅頭《まんじゅう》を並べたような、つるんとした丘が連なっている。

よく見ると、空には僅《わず》かな白い雲が浮かび、丘の青は、小さな青い花の群生からなっていた。

上空のターコイズブルーから、手前の丘のライトブルーまで、同じ青でも微妙に変化していくグラデーションが美しい。

「図録より全然綺麗《きれい》じゃないですか。それに、こんなに彫りって細かいんだ」

海里は感嘆の声を上げつつ、絵に見入り、そして、「いた」と微笑んだ。

手前の丘の上には、「あの子」がいた。

真っ白なドレスを纏《まと》って立つ、愛らしい女の子の人形。

丹念に版木を削って描かれた長い髪は、ふんわりと空気を含んで緩やかにうねり、肩から胸へと流れている。

真正面を向き、絵の中からこちらを見ている人形は、雪のように白い顔に茶色い目をしていて、あの須貝正人の忘れ形見の人形そのものだった。

無表情なはずの人形の顔には、淡い微笑みが浮かんでいるように、海里には思える。

「すげえ。ホントにあの人形、西原さんの夢の世界に引っ越したんだ」

笑顔でそう言った海里に、アカネも嬉《うれ》しそうに頷き、ワンピースの胸元に片手を当てた。

「はい。それを言葉で報告するより、こうして作品にしたほうがいいと思って。ご迷惑でなければ、受け取って貰《もら》えますか？」

海里は軽く躊躇《ためら》う様子で、それでも頷いた。

「迷惑とか、とんでもない。あの子がちゃんと存在してるって教えて貰えて、安心しました。……だけど」

「だけど？」

海里は、決まり悪そうに、鼻の下を擦《こす》った。

「実は、気になって調べたりしたんですよね、西原さんの木版画の値段。俺が思ってたよりケタ二つ多くて、すっげえビックリして……。だから、貰っちゃっていいんですかね、むしろ」

するとアカネは、ちょっと憤慨した声音で「当たり前です！」と即答した。

惚《ほ》れ惚《ぼ》れと眺める海里を嬉しそうに見やり、アカネはこう付け加えた。

「だって、五十嵐君にあげたくて、作ったんですから！　これ、私の作品に、初めてお人形を登場させた一枚なんですよ」

それを聞いた海里は驚いて、額をアカネに返そうとする。

「や、じゃあ、これ、凄《すご》く貴重なんじゃないですか！　ケタ二つじゃ足りないかも。さすがに、それを俺なんかが貰うわけには」

だが、アカネは強引に、額を海里のほうに押しやった。

「いいえ。どうしても持っていてほしいんです」

「でも」

「だってこれは、こないだのことの記念でもあるし……それから、私に、五十嵐カイリのファンでよかったってもう一度思わせてくれたことへの感謝の印だから」

「あ……」

口を開くものの、何を言えばいいのかわからなくなった海里に笑いかけ、アカネは軽く頭を下げた。

「私はまた、五十嵐君のお芝居が観たいなって凄く思ったけど、でも、五十嵐君の人生だから。どんな道に進んでも、私は、応援してます。だから……知り合い面したりはしないから、一度くらいは、お客さんとして、この店に来てもいいですか？」

そんなささやかな願いを聞いて、海里の顔に、ようやく笑みが戻った。

「いいっすよ。当たり前じゃないですか。何度だって、来てくださいよ。常連になってくれたら、すげえ嬉しいです」

「ありがとうございます。でも、夜に山を下りるの、大変だし」

「あああ、そっか！　この店、そういう問題があった……！」

頭を抱える海里に、アカネは可笑《おか》しそうにクスクス笑う。

「大丈夫、ちゃんとバスが走ってる時間に来ますから」

「よーし、そんじゃ、初回でうちの味の虜になるように、俺も頑張りますけど、マスターにも頑張って貰わなきゃ。そんで、意地でも通い詰めて貰う」

「楽しみにしてます」

そう言ったアカネに、海里は「あー、そういえば」と切り出した。

「俺にも、お願いがあって」

「何ですか？」

「あの、『みのりちゃんの焼きおにぎり』のレシピ、俺のもんにしちゃっていいですかね？　すげえ旨《うま》かったから、いつかお客さんにも出してあげたくて」

するとアカネは、これまでいちばんの笑顔で、大きく頷いた。

「勿論《もちろん》。この版画と一緒に、権利を差し上げます。だって……私には、『五十嵐カイリの焼きおにぎり』のレシピがありますから」

海里は、ポンと手を叩《たた》いた。

「そうだった！　あのレシピは、門外不出でひとつ！」

「頼まれたって、誰にもあげません！」

アカネはきっぱりそう宣言する。二人は顔を見合わせ、同時に笑い出した……。

アカネが店を去ると、すぐにロイドが姿を現した。

アカネが置いていった版画をしげしげと眺め、「見事なものでございますなあ」と、まるでいっぱしの絵画通であるような声を出す。

海里も、腕組みして店の壁を眺めた。

「プロの作品って、迫力あるよな。しっかし、店のどこに飾ろうか」

ロイドも、カウンターの中から狭い店内をぐるりと見回し、大袈裟《おおげさ》な溜《た》め息をつく。

「我が主《あるじ》……申し上げにくいことながら、この爽《さわ》やかかつ雅《みやび》やかな絵は、この大衆的な店にはそぐわぬ気が致しますよ？」

「お前、夏神さんがいないからって、言いたい放題だな。けどまあ、同意する」

海里も、力なく頭《かぶり》を振った。

「とはいえ、お二階ではさらに……」

「俺の部屋も夏神さんの部屋も、ザ・昭和空間だからな〜。どうすっかな。けどまあ、こういうのは、飾ってナンボだろ。それに店に飾っておかないと、西原さんが次に来たとき、絶対、ガッカリするじゃん」

「それもそうでございますねえ。さすれば……」

ロイドは大事そうに額を持ってカウンターを出ると、いちばん奥まった場所の壁に、額を掲げてみせた。

「本物の絵画は、決して直射日光に晒《さら》してはならぬと、前の主が仰《おつしや》っていたものでございます。ですから自然と、この場所が最適ということになりますな」

「なるほど」

万歳のポーズで版画を掲げるロイドを見やり、海里は「うーん」と唸《うな》った。

「どうもほら、その壁のさ、草色が版画に合わねえんだよな。それこそ、日曜大工で、壁の色を白く塗り替えちまおうか」

「それもようございますね。白壁でしたら、店の中が明るくなるのでは？」

「ん、だよな。夏神さんが帰ってきたら、打診してみようぜ。だけど、オッケーが出たら、休みの日に、俺とお前がやるんだぞ？」

「勿論、お手伝い致しますとも。日曜大工は、英国紳士のたしなみでございますからして」

「……お前は英国産、日本育ちの眼鏡だろ？」

「眼鏡は決して、己のルーツを忘れぬものでございます」

呆《あき》れる海里に涼しい顔で言い返し、ロイドは額をテーブルの上にそっと置いた。

「とりあえず、今は汚れぬよう、ここに置いておきましょう。ときに、海里様」

「何？」

カウンターの中に戻ってきたロイドは、ニッコリ笑ってこう言った。

「わたしも、海里様にお願いがございまして」

ロイドが愛想のいい声で「お願い」してくるときは、だいたい「おねだり」の意である。これまでの付き合いでそれを熟知している海里は、怖い顔で返事をした。

「聞くだけはタダだ。何だよ？」

するとロイドは、こんなことを言いだした。

「わたし、実は、『五十嵐カイリの焼きおにぎり』も、『みのりちゃんの焼きおにぎり』も、さらに『イタ丼』さえも、食しておりません！　わたしだけが、いずれも！」

海里は一瞬キョトンとしたあと、「ああ」と深く頷《うなず》いた。

「そういやそうだな。今回、お前、ずっと眼鏡姿でいたもんなあ」

「そうでございますよ！　特段、どこも割れてはおりませんが、気持ちの上では粉骨砕身致しましたのに、まったく報われておりません。どうぞ、わたくしめにも、とりわけ焼きおにぎりという食べ物を！　是非！」

憤懣《ふんまん》やるかたない表情で焼きおにぎりが食べたいと訴える「英国紳士」に、海里は笑って頷いた。

「わかったって。お前だけじゃなく、夏神さんにもまだ試食して貰《もら》ってないからさ。冷凍ご飯が貯《た》まってるし、今日のまかないは、とりあえず焼きおにぎりにすっか。イタ丼は、また切り落としが余ったときにな」

「それでよろしゅうございます！」

力強く応じたロイドは、ふと表情を和らげ、海里に問いかけた。

「それに致しましても、西原様との邂逅《かいこう》は、海里様のお心によい影響を与えたようでございますね」

寸胴鍋《ずんどうなべ》に水を注ぎ入れながら、海里は片眉《かたまゆ》を上げる。

「何だよ、偉そうに。……けど、確かにそうだな。西原さんの正直な気持ち、聞かせて貰えてよかった。ファンでいてくれた人をあんなにガッカリさせちゃってたことはつらかったけど、やっぱ、嬉《うれ》しかったよ」

「さようでございましょうとも」

ロイドは微笑んで相づちを打つ。

海里は水を満たして重くなった寸胴鍋を両手で持ち、コンロの上に移動させて火にかけてから、言葉を選びつつ、再び口を開いた。

「俺さ、ロイド。こないだは、ちょっと芝居の最後が決まらなかったから、不完全燃焼だったけど……」

「はい？」

小鳥のように首を傾げる付喪神《つくもがみ》に、海里はしみじみとした口調で打ち明けた。

「俺、やっぱ、芝居が好きだ。下手でも、才能なくても、伸びしろがなくても、センスがなくても、ルックス抜群じゃなくても、やっぱ、諦《あきら》めきれない」

「……はい」

「そこは、一つくらいは、なくもないって言ってくれるとこだったんだけど」

「おや、これは失礼致しました」

涼しい顔ですっとぼけるロイドに、海里は「冗談だよ」とちょっと笑ってから、すぐ真顔に戻って言った。

「また役者に戻れるかどうかはわかんねえ。芸能界に戻りたいかって訊かれたら、あんだけ酷《ひど》い目に遭《あ》ったんだ。さすがに躊躇《ためら》う。それでも……もう、芝居を諦めることはしないよ」

ロイドは、ただニコニコして聞いている。その表情を見れば、彼がその考えを歓迎してることは明らかだ。

「仕事ならよくて、趣味なら駄目、なんてことはないんだよな。俺の心がけ次第なんだって、今度のことでわかった。なんか、凄《すご》くスッキリした気分なんだ、今」

「ようございました。我が主が晴れやかなお顔をなさっているのが、僕《しもべ》と致しましては、何より嬉しゅうございます」

本当に嬉しそうなロイドの笑顔に、海里はくすぐったそうに肩を竦《すく》める。

「よせよ。照れるだろ。……つか、何だよ。まだ何か言いたいことでもあんのか？」

するとロイドは、こほんと小さな咳払《せきばら》いをすると、海里にこう言った。

「回り道は、必ずしも無駄とは限りますまい」

「へ？」

「一本道を一心に進むもよし、細い道をうねうねと進んでゆくもよし、でございます。細い道をゆけば時間がかかりましょうが、道端で見つける物も多かろうと。わたしはそう存じます。……実のところは、前の主の受け売りでございますが」

「……あ」

そこで海里は、ロイドが自分を励まそうとしているのに気付いた。

芝居の道に邁進《まいしん》しなかったことを悔いている海里に、ロイドは、「芝居以外のことを経験するのも、きっと芸の肥やしになる」と言ってくれているのだ。

ロイドの気持ちが胸に迫ったが、眼鏡に説教されるというのも、何となく癪《しゃく》に障る。

そこで海里は、ニヤッと笑ってこう言い返した。

「だよなあ。回り道をしてなきゃ、よく喋《しゃべ》って よく食って説教までする面倒くさい眼鏡を拾うなんて厄介ごとはなかったしな」

そして、ちょっと傷ついた顔をしたロイドの高い鼻をギュッとつまむと、照れ隠しのぶっきらぼうな口調で、「ホント、無駄にならねえわ、回り道」と、まったく素直ではない「ありがとう」を伝えたのだった。

どうも、五十嵐です！　夜中に腹が減ったとき、炭水化物は……って思いつつも、俺はご飯が食べたい派。ってことで、野菜がたっぷり食べられて、なおかつ胃にもたれないイタリア風の丼、略してイタ丼をご紹介。トマトを使うからイタリア風……ってのは我ながら安直だけど、まあそこは許して。簡単だから是非作ってみてくれよな！

ご飯少なめ、具どっさり！　夜食におすすめのさっぱりイタ丼

★材料（4人前）

ご飯　ひとりにお茶碗軽く一杯ずつ。
冷やご飯なら温めておこう

牛薄切り肉　200gくらい
切り落としで十分だけど、できるだけ赤身を選んで

タマネギ　大きめを1個
細めのくし切りに

トマト　大きいものなら2個、小さければ3個
皮付きのままくし切りに

椎茸　5〜6個
石づきを取って、一口大に。
しめじやエリンギでも、勿論OK！

・キャベツ　1/4個
大きめの一口大のざく切りに。
春キャベツがあれば最高！

・酒　大さじ3　二度に分けて使うよ

・醤油　大さじ1

・顆粒状の中華チキンスープ　小さじ2

・ケチャップ　大さじ5〜6

・ウスターソース　大さじ1

・黒胡椒　少々　あらびきがお勧め！

・サラダ油　適量

★作り方

❶まず、牛肉は必要なら一口大に切って、酒大さじ1、サラダ油小さじ1、醤油大さじ1をよく揉み込んで下味をつけておく。この一手間で、味がぐっと深くなるよ。
❷フライパンか片手鍋に少し油を引いて、中火で肉を炒めよう。軽く焼き色がついたら、タマネギと椎茸を入れ、タマネギが柔らかくなってきたところで、キャベツとトマトをどさっと追加する。火の通りやすいものは後で、の法則だよ。
❸酒大さじ2と、チキンスープ顆粒、ケチャップ、ウスターソース、そして水を100cc注ぎ、フライパンに蓋をして、中火で3〜4分、蒸し焼きにしよう。途中で蓋を開けて、かさが減ってきたところでざっくり中身を混ぜ合わせると、味がよく馴染むよ。
❹キャベツがしんなりしてきたら、味見をしよう。薄ければ、ケチャップとウスターソースで調節して、仕上げに黒胡椒を振りかける。野菜の歯ごたえや黒胡椒の量は、お好みでどうぞ！
❺あんかけ風にしたければ、ここで片栗粉大さじ1/2を大さじ1の水でといたものを入れてとろりとさせてもいいけれど、俺のお勧めは、そのまま。汁ごとたっぷりご飯にかけて、さらさらっと食べちゃうのが最高。ほとんど野菜だから、胃にもたれないよ。ただ……あっさりしてるから、ついお代わりしたくなっちゃうんだよね〜。それが唯一の難点かも。

イラスト／くにみつ

本書は書き下ろしです。
この作品はフィクションです。実在の人物、団体等とは一切関係ありません。

最後《さいご》の晩《ばん》ごはん

旧友《きゅうゆう》と焼《や》きおにぎり

椹野道流《ふしのみちる》

平成28年 5月25日　初版発行
令和6年 11月15日　4版発行

発行者●山下直久

発行●株式会社KADOKAWA
〒102-8177　東京都千代田区富士見2-13-3
電話　0570-002-301（ナビダイヤル）

角川文庫 19768

印刷所●株式会社KADOKAWA
製本所●株式会社KADOKAWA

表紙画●和田三造

●お問い合わせ
https://www.kadokawa.co.jp/（「お問い合わせ」へお進みください）
※内容によっては、お答えできない場合があります。
※サポートは日本国内のみとさせていただきます。
※Japanese text only

ISBN978-4-04-103371-5　C0193